골목길 미용사 뚱원장입니다

골목길 미용사 뚱원장입니다

발행일	2019년 6월 7일

지은이	윤 길 찬		
펴낸이	손 형 국		
펴낸곳	(주)북랩		
편집인	선일영	편집	오경진, 강대건, 최승헌, 최예은, 김경무
디자인	이현수, 김민하, 한수희, 김윤주, 허지혜	제작	박기성, 황동현, 구성우, 장홍석
마케팅	김회란, 박진관, 조하라		
출판등록	2004. 12. 1(제2012-000051호)		
주소	서울시 금천구 가산디지털 1로 168, 우림라이온스밸리 B동 B113, 114호		
홈페이지	www.book.co.kr		
전화번호	(02)2026-5777	팩스	(02)2026-5747

ISBN	979-11-6299-734-5 03810 (종이책)	979-11-6299-735-2 05810 (전자책)

이 도서의 국립중앙도서관 출판예정도서목록(CIP)은 서지정보유통지원시스템 홈페이지(http://seoji.nl.go.kr)와
국가자료공동목록시스템(http://www.nl.go.kr/kolisnet)에서 이용하실 수 있습니다.
(CIP제어번호: CIP2019022003)

(주)북랩 성공출판의 파트너

북랩 홈페이지와 패밀리 사이트에서 다양한 출판 솔루션을 만나 보세요!

홈페이지 book.co.kr • **블로그** blog.naver.com/essaybook • **원고모집** book@book.co.kr

외길 인생 30년 윤길찬의 미용 스토리

골목길 미용사
뚱 원장입니다

윤길찬 지음

북랩 book Lab

프롤로그

공부가 하기 싫어서 무작정 시작했던 미용사의 길.

어느덧 30년을 바라보고 있습니다.

이렇게 평생을 공부를 해야 하고 변화를 받아들여야 하는 직업인 줄 시작할 땐 미처 몰랐어요.

작은 미용실을 하면서 하루하루 저의 생각과 감성을 인터넷, 온라인 sns에 올린 지 13년이 되었네요. 거의 하루도 빠지지 않고 써왔던 글이 5,000개 이상이 되었고, 그 이야기들 중에서 사진이 첨부 안 된 일부를 간추려서 10년 전인 2009년 이야기부터 이렇게 엮어 보았습니다.

저의 작은 생각에 많은 미용인 분들께서 동감을 해주셨고, 힘도 얻으셨다고 하셨고, 매일매일 구독을 하신다며 말씀도 주십니다.

저의 이야기는 기술서가 아닙니다.

대단한 이야기도 아닙니다.

현장을 매일매일 이겨가며 그때그때, 그날그날 들었던 작은 생각들을 미용인의 시각으로 올린 이야기에요. 인턴, 디자이너, 오너 모두가 읽으서도 될 우리 미용인의 이야기입니다.

　10년 전 제본집으로 첫 번째 이야기를 묶어 낸 적이 있었고, 그때도 많은 분들에게 저의 이야기를 함께 해주셨어요. 당시 어느 원장님께서 제게 주신 말씀이 생각납니다.

　"그냥 막연하고 답답할 때… 그럴 때마다 꺼내보고 힘을 얻고 있어요."

　저의 작은 이야기가 이번에도 그러한 역할을 해주기를 기대해 봅니다.

　이번에 이렇게 이야기들을 엮어 나오게 되기까지 많이 힘써 준 김지윤 님께 감사드리고, 예쁜 책으로 만들어주신 북랩 여러분들께 감사 인사를 올립니다.

　늘 한결같은 뚱원장으로 여러분들을 뵙겠습니다.

2019 .5 .1

뚱원장

목차

골목길 미용사 뚱원장입니다

2009. 09. 15.

【아저씨의 낡은 차】

우리 동네엔 허름한 만두가게가 있었다.

나이가 지긋하신 부부가 운영하셨는데 장사가 썩 잘되진 않았다.

아저씨는 한쪽 다리가 불편하셨다. 절룩절룩 늘 걸어 다니실 때마다 힘들어 보이곤 했다. 그러던 어느 날 갑자기 만두가게는 문을 닫았고, 한동안 만두가게 아저씨를 보지 못했다.

맑았던 어느 날.

길을 걷는데 정말 지금이라도 당장 주저앉을듯한 아주 오래된 승용차가 눈에 들어왔다.

'으이그 그냥 폐차해야 할 차네.'

그런데 차 옆에 누군가 보였다.

만두가게 아저씨였다.

아저씨는 땀을 뻘뻘 흘리면서 차를 닦고 계셨다.

과연 닦아도 보람이 있을까 한 ddong 차를 너무나 진지하게, 열심히 닦고 있었다.

저렇게 소중할까?

문득 늘 절룩거리며 뚜벅이로 다니시던 아저씨의 모습이 떠올랐다.
아마도 저 차는 아저씨가 막 장만하신 차라는 생각이 들었다.

사람들의 눈에는 그냥 고물차지만 아저씨에겐 소중한 발이 되어주는
너무나 고마운 차라는 생각도 들었다. 아마 그 어떤 차보다 훌륭하고 멋
진 애마일 거다.

'소중한 가치'라는 것은 세상이 정해놓은 값에 따라 정해지는 것이 아
니란 생각이 들었다.
"아저씨~ 이제 멋진 애마로 편하게 다니세요."

2009. 10. 29.

【미용에 있어 허드렛일이란 없다】

예전에 미용에 입문할 때 이런 말을 들었습니다.

거울 닦기 몇 달, 청소 몇 달, 샴푸 몇 달, 파지 집어주기 몇 달 등등.

모두들 말합니다. 몇 년간 죽도록 허드렛일을 하다가 디자이너가 되었다고요.

요즘은 환경이 많이 개선되었다지만 아직도 수많은 미용 스태프분들은 중노동을 합니다. 청소에, 샴푸에, 집어주기에, 빨래도 널어야 하고, 롯드도 빨아야 하고…. 본격적으로 손님 머리에 시술이 들어가는 단계 전에 하는 모든 일들을 '허드렛일'이라고 표현을 하죠.

그런데 과연, 그 일들이 진짜로 허드렛일일까요?

제가 스태프 시절, 구석구석 청소를 제대로 안 한다는 원장님의 잔소리에,

"원장님, 전요, 나중에 미용실 차리면 똥그랗게 만들 거예요~!"

이라며 구시렁대곤 했습니다.

수건 널기, 진짜 싫었죠. 그래서 쫙쫙 퍼서 널지 않고 그냥 대충대충 널다가 맨날 혼났습니다. 아침에 대야에 가득 차 있는 파지 개기. 으아… 단순 노동인데, 진짜 싫죠….

선생님이 작업하실 때에 뒤에서 도구 집어주다가 잘못 집어주기라도 하면, 선생님은 싸늘한 눈빛 한 방 날리곤 본인이 그냥 집어서 작업을 합니다. 한 번 잘못 집어주었다고 하루 종일 제가 집어 주는 거 안 받는 까칠한 선생님도 여러분 있었지요.

게다가 하루에 샴푸는 도대체 몇 명을 하는지…. 지금은 사라졌지만 올드 스트레이트 약이 샴푸 미숙으로 두피에 조금 남았을 때… 진짜 입에서 뜨~악~ 소리가 나올 정도로 혼났습니다. 그럼 화장실 가서 선생님 욕하면서 담배만 피웠죠. 다녀오면 담배 냄새 난다고 또 혼나고….

뭔 놈의 롯드는 빨아도, 빨아도 그리 많이 나오는지….

'내가 미용실에 기술 배우러 왔지, 이런 허드렛일을 하러 왔는가?' 하는 생각만 맨날 했습니다. 빨리 기술을 안 가르쳐주는 선생님들을 원망했죠. 얼른 와인딩 하고 염색 바르고 싶은데 집어주기만 시키고, 바울만 준비하라고 하고. 시간이 참 덧없었죠….

그런데요.

미용이란 기계가 절대 할 수 없는 철저한 수공업이지만, 배우는 단계가 참으로 과학적이기도 합니다. 우리가 허드렛일이라고 하는 그 일들은 모두가 분명 이유가 있었습니다.

청소. 깨끗한 환경에서 손님을 맞이하는 가장 기본적인 서비스입니다. 주방이 더러운 식당에 가기 싫듯이 지저분한 미용실은 손님들이 싫어하십니다. 때문에 미용이란 평생 청소를 해야 하는 직업입니다. 저도 매일 저의 작업 공간 청소에만 2시간 이상을 할애합니다. 그리고 청소를 통해 손님께 행하는 가장 기본적인 마음가짐을 배웁니다.

롯드 세척하기. 미용작업에 있어 일의 능률을 배우는 작업입니다. 일이 순조롭게 진행이 되기 위해선 각종 도구들이 언제나 쓸 수 있도록 준비가 되어 있어야 합니다. 도구 청소를 통해 일의 능률을 향상시키는 것을 익히는 것입니다.

집어주기. 가장 중요한 기초입니다. 뒤에서 의미 없이 마냥 집어주는 것이 아닙니다. 스태프라면 늘 긴장해야 하고, 선생님이 어떤 롯드를 쓰실지, 또 어떤 도구를 쓰실지 미리 예측하고 있어야 합니다. 몇 cm의 기장에 몇 호의 롯드를 사용했을 때 어느 정도의 웨이브가 형성되는지, 어떤 모발에 몇 분의 타임을 걸을 것인지. 스태프는 그것을 미리 예측해 선생님에게 제시해야 하고, 선생님이 그것을 채택했을 때 쾌감을 느껴야 합니다.

분명 시간이 지나면 집어주기를 넘어서 직접 시술을 할 것이고, 시술

시 집어주면서 익히고 보았던 기억들을 직접 작업하며 나의 경험으로 만들어야겠죠. 때문에 집어주기란 내가 미래에 고객의 머리를 시술할 때를 대비한 이미지 트레이닝 훈련입니다.

샴푸. 요즘은 뒷 샴푸를 많이 합니다. 손님이 샴푸대에 누워 있는 모습을 내려다보면 사이드 라인의 조화가 가장 뚜렷하게 보입니다. 특히 남성 컷 후에 샴푸를 하는 것은 양쪽 사이드의 차이를 구별해 낼 수 있는 가장 좋은 방법입니다. 또한 샴푸를 통해 여러 두상을 익혀봅니다. 모류도 느껴볼 수 있습니다. 두피의 상처나 약점들도 미리 알 수 있습니다.

외적으로는 손가락 힘을 길러주는 역할을 하며, 특히 싱글링의 토대인 엄지의 약력을 키워줍니다. 또한 물을 많이 만짐으로써 후에 각종 화학 제품에 대응하는 내성도 키워줍니다.

그리고 가장 중요한 점. 고객의 얼굴과 귀에 물로 인한 피해를 주면 안 되기에 긴장감을 키워줍니다. 이와 같은 이유로, 만 명의 머리를 감겨봐야 실력 있는 디자이너가 될 수 있습니다.

뒤에서 작업 지켜보기. 물론 선생님의 작업을 보면서 어떤 작업과 과정을 통해 어떤 결과가 나오는지 보는 것이 큰 이유이긴 하지만, 더 큰 이유는 접객의 기본을 배울 수 있다는 것입니다. 바로 뒤에 서 있으면서 올바르지 않은 자세나 일그러진 표정으로 서 있을 수는 없겠죠?

스태프의 바른 자세와 웃는 표정은 손님에게 안정감을 줌과 동시에 현재 작업하시고 계신 디자이너의 격을 높여주는 역할을 합니다. 분명 후에 본인도 자신의 뒤에 주욱 서 있는 스태프들이 생깁니다. 때문에 어떤 상황에서도 웃음을 잃지 않는 자세를 지녀야 합니다. 이것이야 말로 접객의 기본입니다.

이 외에도 여러 가지 일들이 더 있지만, 생략하기로 하구요.

이렇듯, 허드렛일이라고 생각하는 일들이 사실은 미래의 나를 만들어 주는 훈련입니다.

재교육기관 등에서 빠르게 기술을 습득하고 디자이너가 된 사람들과 소위 허드렛일 훈련을 통해 기본부터 다져 올라온 디자이너들은 그 본질부터가 완전히 다릅니다.

미용이란 복합적인 직업입니다.

서비스업이고 중노동인 동시에, 말도 많이 해야 하고, 기술도 좋아야 하며, 이론적 부분인 학문 역시 익혀야 합니다.

음식의 장인들은 음식만 잘하면 장인 소리를 듣지만 미용의 진짜 명장은 모두 두루두루 갖추어야만 합니다. 그래서 우리는 대단한 일을 하는 사람들인 것입니다.

레시피만 줄줄 외워 한정된 음식을 만드는 요리사가 되시겠습니까? 고객의 연령과 기호에 따라 언제든 응용이 가능한 요리사가 되시겠습니까?

재교육기관을 통해 오직 기술 습득만을 한 이들은 모든 상황에 같은 처방만이 나옵니다.

하지만 기본부터 다져온 사람들은 손님에 따라 그 처방이 수백 개, 수천 개로 나뉩니다. 당장 롯드를 꺼내서 '내가 할 수 있는 와인딩의 종류가 얼마나 되지?'란 생각을 해보세요. 가로 말기, 세로 말기, 비껴 말기, 뒤집어 말기, 꼬아서 말기, 뿌리 말기, 모근 말기, 또 뭐가 생각나십니까? 파지 없이 말기, 롯드 여러 개를 한 슬라이스에 적용하기, 펼쳐서 세워 말기, 두 갈래로 세워 말기, 꼬아 말다가 펼쳐 말기, 텐션 말기, 등등. 제가 알고 있는 것만도 20여 가지가 넘습니다. 제가 만든 거? 솔직히 두어 가지밖에 없습니다. 다 예전에 선생님들 뒤에서 서브 하면서 익혔던 기술들입니다.

롯드펌에서 열펌으로 넘어가는 지금, 열펌기로도 얼마든지 응용이 가능하겠죠.

기술을 빨리 배우는 것은 중요하지 않습니다.

제대로 배워야죠.

그래서 소위 허드렛일이라 불리는 것들은, 기술을 제대로 배우기 위한 가장 훌륭한 방법입니다.

그럼 그게 허드렛일일까요?

【어느 가장의 크리스마스】

크리스마스이브 날.

미용실을 혼자 지키고 있었다.

다들 들떠 있을 이브지만 미용실에는 적막만 가득….

남자 손님이 들어오셨다. 머리는 단발머리보다 좀 안 되는 길이. 손에
는 명동의류라고 적힌 비닐봉지가 들려 있었다.

"머리 좀 잘라주세요~."

컷 보를 치고 컷을 시작했다.

"컷을 하신 지 한참 되셨네요?"

"아이구~ 먹고 사는 게 뭔지…. 집에도 못 들어가고 맨날 공장에서 사
네요~. 오늘 크리스마스이브라고 간만에 가족들과 외식하려고 왔어요.
하하."

손님의 말씀은 계속 이어졌다.

"그래도 크리스마슨데 애 엄마 주려고 옷가게를 들어갔어요. 근데 옷
가게 안에 있는 거울 속에 웬 산발남이 서 있대요? 하하."

손님의 핸드폰이 울렸다. 전화를 받으셨는데 전화기 너머 아이들의 목
소리가 들렸다.

"아빠, 언제 와요? 아빠, 배고파요."

연신 금방 들어간다는 아빠. 헤어컷을 마무리하고 요금을 받으면서 여쭤보았다.

"오늘 어떤 음식으로 외식하세요?"

"당연히 삼겹살이죠."

손님이 가신 자리에는 머리카락이 수북했다.

나의 눈에 그 머리카락은?

어느 가장의 마음처럼 보였다.

【나의 손은 얼마짜리인가?】

힘들게 배운 기능을 가격으로 매기기란 어렵습니다.

내가 지금 강남에서 컷 요금을 2만 원 받다가 동네 중·저가샵으로 이직을 하면 1만 원을 받을 수도 있습니다. 더 적게 받을 수도 있습니다.

이렇게 되면 일하기 싫어집니다. 손님이 우습게 느껴집니다.

'고급인력인 내가 왜 이런 대우를 받아야 하나?'란 생각도 듭니다.

제가 실제로 겪은 일입니다.

90년대 중반 당시 박준미장은 최고의 프랜차이즈 중 하나인 브랜드였습니다.

비록 본점은 아니었지만 거기서 최고의 매출, 최고의 고객 수를 자랑하던 제가 수원으로 이사를 갑니다. 어쩔 수 없이 수원의 샵에 취직을 했는데, 컷 요금이 7천 원이었습니다.

뜨악…! 컷 요금 1만 5천 원 받던 내가 7천 원을 받고 일을 하라고? 2만 원짜리 펌이 세상에 존재하는 거야? 그리고 뭔 손님들은 이리 까다롭지?

손님이 한심했고, 그곳의 디자이너들이 다 제 밑으로 보였습니다.

하지만 전 곧 엄청난 좌절감을 느껴야 했습니다. 그곳의 디자이너들의 실력은 제 생각을 훨씬 뛰어넘어 훌륭했습니다.

제가 몸을 담고 있는 곳의 가격에 의해서 요금이 정해지는 것이지 나의 실력과는 무방할 수도 있다는 사실.

1만 5천 원짜리 컷보다 7천 원을 받고 해주던 그 컷의 선들이 더욱 정교했다는 사실.

디자이너가 물이라면 샵은 유리컵입니다. 크리스탈 잔이라면 물은 빛나 보이지만, 플라스틱 잔이라면 물은 탁하게 보입니다. 하지만 물을 마시면 맛은 같습니다.

물의 보관 상태가 시원하고 쾌적했다면 맛있고 건강에도 좋은 물이지만, 반대로 습하고 더운 곳에 고여 있던 물이라면 맛도 없고 건강에도 해롭습니다.

결국 물은 그 자체가 중요한 것입니다.

나의 손이 물입니다.

나의 손이 담겨있는 환경이 나를 빛나게 해주거나 투박하게 보이게도 하겠지만, 나의 손을 얼마나 관리를 잘했느냐가 가장 중요한 관건인 것입니다.

당신의 손은 얼마짜리입니까?

2010. 01. 14.

【나는 단골 고객이 많다】

디자이너 시절, 가장 많이 하는 착각입니다.

내가 세 번 머리 해주었다고, 그 사람이 나의 대단한 단골손님이라고 생각합니다.

제가 한참 성질부리고 다니던 시절, 후배들에게 늘 해주던 말이 있습니다.

"당신은 펌 10번 해준 고객이 몇 명이나 되는가?"

이 글을 보시는 디자이너분들도 한번 생각해보세요.

한 고객을 펌을 열 번 한 케이스가 몇 번이나 되는지.

한 고객에게 펌을 열 번 하려면, 아무리 자주 펌을 하는 사람이라도 15개월은 꾸준하게 잡고 있어야 합니다. 손님들의 특성상 중간에 한두 번 정도는 다른 곳에서 하는 경우가 있기에 실질적인 기간은 2년이 걸리는데, 2년 동안 한 고객을 다른 사람에게 안 뺏기고 해본 경우가 얼마나 있습니까?

그런 분들이 단골입니다.

한 고객에게 펌을 열 번을 걸기 위해선 한 샵에 2년 이상을 근무해야 하며, 2년 동안 모발 관리를 잘 해드려야 하므로 당장 눈앞에 떨어진 매출을 올리기 위한 시술은 할 수가 없습니다. 또한 같은 스타일도 세 번 정도면 식상해하기에 끊임없는 스타일 개발이 필요하고, 그 고객을 2년 동안 붙잡기 위한 기술, 서비스, 접객, 플러스알파가 있어야 하겠지요.

한마디로 한 고객의 펌을 열 번 걸어본 디자이너.

그런 손님을 5명 이상 경험을 한 디자이너라면 자신의 가게를 오픈할 만한 기량에 이른 디자이너입니다. 당장 자신의 샵 원장님들을 보세요. 원장님들은 몇 년째 자신을 찾아주는 고객들을 많이 보유(?)하고 있습니다.

모든 것의 주체는 바로 "나"입니다.

디자이너 생활 때는 나의 샵이 나의 이름을 만들어 줄 수도 있겠지만, 오픈을 하고 나선 샵이 곧 나이고 내가 곧 샵입니다.

하지만 더 명석한 디자이너는 내가 속한 샵에 나를 녹여냅니다.

샵이 나에게 맞지 않는다고 불평하기 전에, '내가 샵에 얼마나 스며들었나?'를 생각해보기를 권합니다.

그리고 그런 상황은 머지않은 미래, 내가 겪어야 할 직원들의 이야기기도 합니다.

✂

【철탑공사의 철학】

몇 년 전 이야깁니다.

제가 지금의 가게로 이전하기 전, 가게 뒤편에 교회가 들어서기 시작했습니다.

교회 건축이 끝나자 교회 옥상 머리에 십자가가 달린 높은 철탑을 세우더군요. 아래는 넓다가 위로 갈수록 뾰족해지는 그런 철탑이었습니다.

요즘은 지상에서 제작해 크레인으로 올리는데, 개인 교회라 돈이 부족해서 그랬는지 일일이 사람들이 철탑에 매달려 작업하더군요.

저희 가게에서 워낙 잘 보이는 터라 매일매일 철탑 공사하는 것을 보았습니다.

맨 아랫단 공사할 때는 인부 5명이서 작업하더군요. 옥상 바닥이라 안전한 곳이었죠.

탑이 한 층 올라가면서 폭이 좁아지니 인부 4명이서 작업하고 한 명은 바닥에서 자재만 올려주더군요.

탑이 한 층 더 올라가니 1명은 바닥에, 또 한 명은 한 칸 위에, 나머지

세 명이 3층까지 올라간 철탑 위에서 작업을 합니다.

탑이 4층이 되자 좁아진 만큼 인부가 두 명밖에 못 올라가는데, 그때부터 몸을 줄로 묶습니다. 가장 안전한 옥상 바닥에 있는 인부는 자재를 올려주고 그 윗사람들은 징검다리 역할을 하시는데, 위로 올라갈수록 난이도는 높아집니다.

드디어 탑의 꼭지점을 세웁니다. 너무 좁은 자리기에 가장 경력자인 듯한 나이 많으신 분 혼자 올라가 매달려 고난도의 작업을 하십니다. 밑에 있는 사람들은 계속 위만 처다봅니다.

그렇게 철탑은 완성되었죠.

우리 인생이 그렇다.

위로 올라갈수록 위험해지고, 좁아지죠.

점점 외로워지고, 나 자신과의 싸움이 되어 갑니다.

안전한 곳에 있는 사람은 안전하지만 계속 위만 처다보고 있고, 비록 위험하지만 가장 높은 곳에 있는 사람은 오직 그만이 할 수 있는 일을 합니다.

하지만 중요한 것은 맨 위로 올라가기 위해서는 반드시 1층부터 밟고 올라가야 하고, 동료들의 도움 없이 나 혼자서는 절대 위로 올라갈 수가 없다는 사실입니다. 행여 혼자 올라선다 해도 아래에 있는 동료들의 도움 없이는 아무 일도 해낼 수가 없습니다.

그건 아래에서도 마찬가지입니다.

위에서 일을 해주는 존재가 있기에 밑에서 일을 하는 나도 존재할 수 있습니다.

4층짜리 탑은 한 층, 한 층 올려서 지은 탑이지, 1층 올리고 바로 4층 올린 탑이 아닙니다. 중간에 2층, 3층 올려야 올릴 수 있습니다.

높이 올라가고 싶습니까?

빨리 올라가고 싶습니까?

혼자 올라가고 싶습니까?

디자이너가 되고 싶습니까?

스태프 과정 생략하고 바로 디자이너가 되고 싶습니까?

오직 내가 최고입니까?

튼튼한 단계를 밟아야 높이 올라갈 수 있고, 순리대로 진행할 때 빨리 올라설 수 있으며, 동료들이 받쳐줄 때 비로소 위로 올라설 수 있습니다.

마음속의 철탑을 세우듯 오늘도 파이팅 해봅시다.

2010. 11. 25.

【알면서 그냥 지나가시렵니까?】

몇 년 전 일이었습니다.

저에게 컷을 세 번째 한 남자 손님이 있었지요. 30살 정도 되었는데 지능은 10세 미만인 발달장애 손님이었습니다. 손에 돈 7,000원을 꼬옥 잡고 와선 제게 두 손으로 주고 자리에 앉던 모습이 생각납니다….

세 번째 자르고 간 후, 한 노인분께서 오셨습니다.

"방금 전에 자폐증 걸린 아이, 여기서 머리 자르고 갔죠?"

"네…. 그런데요?"

노인분께서 말씀을 하셨습니다.

"내 아들인데, 늘 머리를 자르고 올 때마다 미용실에서 대충 잘라주고, 샴푸도 안 해주고, 그래서 늘 소심해 있었는데 여기서는 잘 해준다며 무척 좋아합니다. 오늘도 밝은 표정으로 집을 나가 방금 전에 들어왔는데 우울한 표정으로 왔어요. 머리 한쪽이 들쑥날쑥하다며, 여기도 자기를 싫어한다고 낙심하고 있네요. 거… 좀 잘 좀 해주시지…. 자폐아들은 매우 소심하거든요. 암튼 담에 혹시 다시 오면 더욱 신경 써서 해주세요."

전 노인분의 말씀을 듣고 아무 말도 못했습니다.

컷을 하고 나가는 남자 손님의 머리에서 들쑥날쑥, 컷이 매끄럽게 되지 못한 것을 솔직히 보았거든요. 보았지만, 속으로 "뭐 어때? 자폐인데, 잘 모르겠지."란 생각에 그냥 알고도 그렇게 보냈습니다.

그 후로 그 남자분은 더 이상 제 가게에 오질 않으셨습니다.

조금 더 거슬러 올라가 제가 스태프일 때의 이야깁니다.

제가 메인으로 섬기고(?) 있던 선생님과 경쟁 관계에 있던 선생님의 손님이 중화 중이었습니다.

제가 그 손님을 지나치는데 문득 눈에 보였던 것이 중화 받침대에 흥건하게 고여 있던 중화제였습니다. 손님이 조금만 고개를 숙이거나 뒤로 젖히면 바로 쏟아질 지경이었죠.

저는 본 이상 바로 조치를 했어야 했음에도 제 선생님도 아니고 "그래. 이참에 엿 먹어라."란 생각으로 그냥 모른 척 지나쳤습니다.

몇 분 후 아니나 다를까? 손님은 고개를 숙이셨고, 중화제가 손님의 바지로 다 쏟아졌는데 바지가 아주 고가였습니다.

중화제를 제대로 감독하지 않은 선생님의 탓도 있었기에 선생님도 보상에 참여했지만 손님 바지 값의 상당 부분을 그 선생님 담당 스태프가 물어냈습니다.

당시는 스태프 월급이 30만 원도 채 안 되던 때라, 몇만 원을 물어낸다는 것은 스태프에게 정말 엄청난 금액이었죠.

엄청나게 미안했지요. 일이 그렇게 커져 버릴 줄은 생각도 못했는데. 그 사건 이후, 약 한 달간 전 스태프들에게 강도 높은 교육이 있었지요.

저만 조처를 했더라도 돈을 물어낸 스태프나 전체 동료들에게 누를 안
끼쳤을 텐데.

우리가 일을 하다 보면 알면서도 그냥 넘어가는 일들이 매우 많습니다.
분명 눈으로 보았음에도, 어떤 조치가 필요한 것을 알면서도 이런저런
이유로 그냥 지나칠 때가 있습니다.
그것이 두루 뭉실 하게 넘어갈 것 같지만, 사실은 꼭 어떤 결과가 나타
납니다. 고객을 잃던지, 동료들에게 피해를 주던지, 내가 속한 샵의 이미
지를 흐리게 하던지…. 그리고 가장 많은 피해를 보는 것은 그 일을 괴
로운 맘으로 반성하게 되는 그 마음속의 아픔입니다.

당장 눈앞에 쓰레기가 떨어져 있는데 모른 척 일부러 스태프를 불러
치우게 하는 디자이너.
이미 손님들은 지저분한 샵의 모습을 보고 말겠죠.
당신이 지금 하면 빠를 것을, 열심히 롯드 빨고 있는 스태프를 불러 샴
푸를 시키곤 롯드 정리가 안 되었다고 다그치는 오너. 그는 왜 정리가 안
되어 있는지 알면서도 다그칩니다. 그 와중에 고객은 시간을 잃습니다.
옆의 동료가 바빠서 정리 못하고 나간 롯드를 한가한 동료가 보고도
그냥 방치합니다. 이런 것들이 쌓여 결국 롯드실은 엉망이 되고 그 손해
는 나에게로 옵니다.

정말 몰라서 실수를 한 것은 용서가 됩니다. 융통성이 생깁니다.

하지만 알면서도 보았으면서도 모르는 채 하고, 안 본 척하다 생긴 실수는 실수가 아닌 '인재'입니다, 실제로 우리가 일하는 미용실에서 생기는 클레임의 70%는 바로 '인재'입니다.

이 인재만 줄여도, 다시 말해서 실수 없는 미용인만 되어도 중간 이상은 갈 수 있습니다.

곰곰이 생각해보시길 바랍니다.

내가 그동안 알면서도 귀찮아서 이런저런 이유로 그냥 대충 넘어갔던 일들이 언제 있었고, 또 얼마나 되는지를….

찔리는 분들 많을 겁니다.

글을 쓰는 저도 꽉꽉 찔리는군요….

【말뜻을 잘 알아듣는 것도 기술이다.】

제가 지금 하는 말을 잘 읽으시고, 목적지가 어디인지 맞춰보세요.

"10미터를 직진하시다가 우회전해서 5미터를 가서서, 좌회전해서 15미터를 가시다가, 다시 좌회전해서 15미터를 가신 후, 우회전해서 5미터를 가신 다음에, 다시 우회전해서 10미터를 가시고 마지막으로 좌회전해서 20미터를 더 가시면 됩니다."

목적지가 어디일까요?

뭐 머리 아프서서 계산하시기 싫으시죠? 답은 그냥 직진 50미터입니다. 그래서 '이거 뭐야? 그냥 직진 50미터잖아?'라고 생각하고 그냥 직진합니다. 근데 중간에 길도 막혀있고, 커다란 웅덩이가 있어서 도저히 직진을 못하는 경우가 생깁니다. 그때야 "아…. 이래서 직진 50미터라고 하면 될 것을 그렇게 복잡하게 설명했구나…"라고 납득합니다.

우리가 일을 하면서 상담을 하다 보면, 정말 간단한 스타일링의 요구인데 손님들은 온갖 사족을 붙여서 이야기를 많이 하십니다. 온갖 사족을 붙여서 이야기하는 손님들을 대하다 보면 맘속에 귀찮다는 생각도 들고, 대충대충 듣는 경우가 많이 생기기도 합니다. (저만 그런가요?)

이야기를 들어보면 아무리 복잡하게 설명을 해도 결국 간단한 스타일링 요구. 그래서 그냥 내 방식대로 직진을 합니다. 근데 문제는 중간에 길이 막혀 있는 경우가 있다는 겁니다. 그제야 손님이 그렇게 어렵게 설명을 한 이유를 납득하게 되죠.

아무 생각 없이 그냥 손님 설명 무시하고 가는 사람은 하수입니다. '직진 50미터구나~'라고 생각하고 전진하는 사람은 중수구요. 손님이 설명하실 때 침착하게 듣고 목적지를 파악하는 사람은 고수입니다.

하지만 진정한 고수는 따로 있습니다.

복잡하게 설명하는 것이 머릿속으로 선이 그려지고, 그 선의 가운데 장애물의 존재 가능성을 가늠하는 사람이 바로 초 고수입니다.

누가 누구에게 뭔가를 묻는다는 것은, '모르기 때문'입니다.

우리가 손님 스타일 상담을 하는 이유는 손님의 의중을 모르기 때문에 알려고 하는 겁니다. 알면서 묻지는 않습니다. 내가 모르는 것을 손님은 열심히 설명하시는데 그것을 귀찮다고, 복잡하다고, 쉬운 이야기를 돌려서 한다고 내 맘대로 길을 정해버리면 가다가 낭패를 볼 수 있습니다.

손님의 설명에 조금 더 귀를 기울여보세요.

클레임은 얼마든지 줄일 수 있습니다.

【큰 힘에는 큰 책임이 따른다】

미용을 시작해서 이제 한참 커 가시는 분들의 공통된 목표가 있습니다.

디자이너가 되는 것.

손님을 처음부터 끝까지 해내는 것.

하지만 조금 깊이 들어가 보면, 샴푸하기 싫다, 청소하기 싫다, 디자이너들은 왜 저렇게 편하게 있어야 하고, 스태프들은 왜 계속 일을 하고 하루 종일 샴푸에 청소까지 해야 하는가? 얼른 디자이너가 되어서 스태프들 맘껏 부려먹고 손님 안 계실 땐 편하게 책보고 쉬어야지~.

이런 생각이 없다고 부인하지는 못하실 겁니다.

예전에 일하는 직원이 이런 소리를 하기에 제가 한마디 했지요.

"너희들만 힘드냐? 우리도 힘들다."

디자이너란 일종의 리더입니다.

한 분의 손님을 만족시키기 위해 일을 진행해야 하는 책임이 있고, 진행할 일의 계획과 방법을 직접 제시해야 하며, 그 일의 원활한 진행을 위해 동선도 정해야 하고 스태프도 지휘해야 합니다.

스태프 여러분은 샴푸 10명 했다고 힘들다고 하시지만, 샴푸 10명이 나오려면 디자이너도 손님 10명의 머리에 작업을 했다는 소리가 됩니다.

컷하고 퍼머 말고 그러는 것이 마냥 즐거운 일로 보이시나요?

손님을 잡아보지 못한 입장에서는 즐겁고 행복해 보일 겁니다.

하지만 가위를 잡는 순간부터 디자이너는 그 손님을 만족시켜야 하는 의무가 발생합니다. 바꾸어 이야기해서 큰 힘이 생기면 큰 책임도 져야 합니다.

디자이너들의 작업은 긴장의 연속입니다. 긴장하지 않는 디자이너는 매우 자만에 빠진 디자이너거나 아직 풋내기일 뿐입니다. 책임을 져야 하는 입장이기에 신경이 곤두설 수밖에 없고, 가위질 한 번 두 번 할 때마다 속에선 진땀이 흐릅니다.

육체적인 노동?

컷 한 분 하는데 보통 400번 이상의 가위질을 합니다. 열 분의 머리카락을 컷하면 하루에 4,000번 이상의 가위질을 하는 겁니다. 굳이 길게 설명 안 드려도 스태프 때보다 더 힘이 들면 들지 쉽지 않습니다.

누군가 시키는 것을 그대로 수행만 하는 것은 어쩌면 참 쉬운 일입니다.

책임에서 벗어나니까요.

책임을 안 져도 된다는 거, 어쩌면 정말 편한 겁니다.

조금만 방심하면 옆의 디자이너에게 밀리고, 조금만 나태하면 스태프들에게 무시당합니다. 조금만 모자라면 샵에서 견디기 힘들어집니다.

그리고 언제나 책임을 혼자 져야 합니다.

이것이 디자이너들의 현실이고, 오너의 현실입니다.

제가 주변 사람들에게 자주 하는 소리가 있습니다.

"재수하기 싫어서, 공부하기 싫어서, 고등학교 졸업하자마자 미용 시작했는데 어찌 된 것이 평생 공부 안 하면 안 되는 일을 하고 말았네."

책임을 질 수 있는 그런 자격, 위치, 실력.

곰곰이 생각해보시기 바랍니다.

【풍랑을 만난 배】

어느 날, 각 계의 지도자들이 모여 회담을 하기로 했습니다.

회담 장소로는 헤어도라는 작은 섬이었지요. 헤어도에 가기 위해서는 배를 타고 바다를 건너야 했습니다. 배를 타기 위해 선착장에 모인 각 계 지도자들의 면면을 살펴봅니다. 목사님, 주지 스님, 대주교, 국방부 장관, 과학 기술처 장관, 철학자, 그리고 배를 운전하는 선장. 이렇게 7명이서 바다를 건너기 시작했습니다.

서로 자기가 잘났다며 으스대며 온갖 거드름을 피웁니다. 선장은 묵묵히 배를 운행합니다.

육지와 헤어도의 딱 중간 즈음 도착했을 때, 갑자기 하늘에서 매우 강한 비가 내리기 시작했습니다. 갑자기 바람도 거세지더니 물결에 커다란 풍랑이 일어납니다. 배는 금방이라도 뒤집어질 것 같은 형국이었습니다.

설상가상이라고, 배의 추진력을 담당하는 모터가 갑자기 고장 나버려 배는 더 이상 앞으로 나아가지 못하고 강한 물결에 출렁거립니다.

배에 탄 사람들 사이에서 일대 소동이 벌어집니다.

각자 자기의 목소리를 내기 시작합니다.

목사님 : "오~ 주님~ 이 강한 풍랑 속에서 저희를 보호해주세요~."(기도를 합니다.)

주지 스님 : "아미타불~ 부처님의 자비로 저희를 이 위험에서 건져 주세요~."(합장을 합니다.)

천주교 : "위대하신 천주님, 마리아님, 주님. 이 풍랑 속에서 저희를 지켜주세요~."(눈 감고 성호를 연신 긋습니다.)

국방부 장관 : "이 고지만 넘으면 우리는 승리합니다!"(열변을 토하며 작전을 구상합니다.)

과학기술부 장관 : "풍랑의 방향과 구름의 움직임으로 보아 45도 각도로 조금만 가면 위험을 벗어날 수 있습니다."(노트에다 뭔가를 계산합니다.)

철학자 : "우리가 살고 죽는 것을 이 물결에 맡겨봅시다."(구명조끼를 입고 물속으로 뛰어듭니다.)

배 위는 순식간에 하나님, 부처님, 천주님을 부르짖는 소리와 장관들의 열변이 풍랑과 뒤섞여 더욱 아수라장이 됩니다. 종교 지도자들끼리는 자기들의 신이 옳다며 멱살잡이를 합니다. 장관은 서로 탓을 하며 싸웁니다. 완전 개판입니다.

그때 선장이 한마디 외칩니다.

"닥치고 노부터 저읍시다!"

인생을 살다 보면 수많은 풍랑을 만납니다.

어려움을 만났을 때, 바로 옆의 사람과 합심하면 해결할 수 있는 일을 나 혼자 잘났다고 내가 무조건 옳다고 우기다가 결국 진짜 낭패를 봅니다.

분명 신을 찾기 전에 노를 저어야 하는데… 분명 내 눈앞에 풍랑을 헤쳐나갈 수 있는 노가 있는데 그것을 외면합니다. 그냥 쉽게 입으로 신을 찾고 이론을 외칩니다.

이 세상에 존재하는 모든 이론은 실험을 통해 입증할 수 있으며, 어려움을 이겨내는 방법은 먼저 어려움을 이겨 나가려는 강한 실천력입니다.

지금 내가 어렵다고, 입으로만 떠들고 있지 않습니까?
노가 바로 옆에 있는데 저을 생각조차 안 하고 있지는 않습니까?
어려움을 이기는 가장 좋은 노는 바로 내 눈앞에 있습니다.
함께 열심히 노를 저어 봅시다.

【기술자가 되겠습니까? 기능사가 되겠습니까?】

많은 사람이 하는 말이 있습니다.

"기술 한 가지만 있으면 먹고산다."

"기술자 양반, 어서오세요."

"거 참 그 양반 기술 좋네요."

등등….

하지만 "기능 한 가지만 있으면 먹고 산다.", "기능사 양반.", "거 참 그 양반 기능 좋네요."라고 하진 않습니다.

그렇다면 기술과 기능의 차이는 무엇일까요?

사전을 검색해보시면 포괄적인 답이 나와 있지요? 그러니 굳이 쓰진 않겠습니다.

자격증 시험은 기능사 시험이라고 하지, 기술자 시험이라고 하진 않죠.

그렇다면 과연 우리 미용인에게 기술은 무엇이고 기능은 무엇일까요?

많은 훌륭한 미용사님의 여러 가지 시선이 있을 것입니다.

이제 제 정체를 어느 정도 아셨겠지만, 전 이론도 모르고 정말 많이 부족합니다. 공부도 진짜 부족하고, 이런 글을 올릴 때마다 한없이 부끄럽습니다. (겸손 떠는 것이 아니라 진심입니다.)

부족한 저의 시선으로 보는 기술과 기능의 관점은 이렇습니다.

기능이란 반복된 행위로 익힐 수 있는 능력을 말하는 것이며, 기술이란 어떠한 결과를 위해 내가 가진 기능들을 적절하게 사용할 수 있는 능력을 말한다.

그렇다면 미용에 있어서 기능과 기술의 차이는 무엇일까요?
샴푸하기, 와인딩, 프레싱, 컷&클리퍼 플레이, 염색 도포 하기, 업스타일, 드라이, 크리닉 시술 등. 우리가 흔히 기술이라고 칭하는 이 모든 것들은 사실 '기능'이라고 저는 생각합니다. 반복하면 누구나 금방 할 수 있는 능력.
그렇다면 이 기능을 익히는데 과연 시간이 얼마나 걸릴까요?
사람마다 차이는 있겠지만, 완전 초보자가 이런저런 단계 무시하고 바로 익히기 시작한다면 제가 위에 열거한 '기능'을 익히는 데는 '단 6개월이면 충분하다.'라고 말씀드리고 싶습니다.

매직기 주고 3일만 엄청 연습시켜보세요. 프레싱 능숙하게 할 겁니다.
하루 10시간씩 각종 와인딩 연습시켜보세요. 보름이면 속도는 안 나와도 어느 정도 와인딩을 능숙하게 할 겁니다.

샴푸 역시 마찬가지입니다. 하루에 20명씩, 일주일만 시키면 어느 정도 할 겁니다.

남성 컷과 여성 컷? 하루 한 작품씩 5시간씩만 교육시켜도 석 달이면 남성, 여성 가리지 않고 본인이 생각하는 기본 형태의 흉내는 낼 겁니다. (만족도는 거론하지 말고요.)

그렇다면 기능을 익히는데 6개월이면 충분하지 않을까요?

실제로 제 집에서 일하는 직원은 거의 초짜였는데 3개월 만에 기능은 거의 다 익혔습니다.

참으로 많은 분이 미용을 기능적으로만 바라보기에 단시간에 디자이너가 될 수 있다고 하고, 각종 학원에서도 실제 그렇게 광고를 하고 있습니다.

기능을 설명하려면 이렇게 길게 써야 하지만, 기술은 참 간단합니다.

"손님이 만족하시도록 기능을 사용하는 것."

과일 깎는 기능이 탁월한 나이트 주방장 아들이 명절날 시골 친척들 다 모인 자리에서 장식이 화려한 과일 안주를 만들어서 내놓으면 어떨까요? 친척 어르신들이 박수 치시고 잘 했다고 말씀을 하시겠지만, 정작 어르신들은 장식 없이 드시기 좋은 모양으로 소박하게 깎아놓은 엄마의 과일을 더 드실 겁니다.

참으로 많은 분이 기능을 기술로 착각하고 계십니다. 또한 기능적 테크닉에 몰두한 나머지 기술을 놓쳐버립니다.

저는 기술자란 말이 수많은 기능을 자유자재로 지배하는 사람을 일컫는다고 생각합니다. 만일 미용이 기능만이 전부라면 평생 공부해야 하는 직업이란 말이 사라질 겁니다.

하지만 요즘의 현실은 '미용은 기능이다.'란 개념으로 가고 있습니다. 오직 '방법', '방식', '공식'만을 가르칩니다.

우리나라에서는 수학을 이해 과목이라고 하지만 실제론 암기 과목과 이해 과목이 합쳐진 형태입니다. 공식을 외워야만 하고, 어떤 문제를 풀어야 할 때 공식이 대입되는 과정을 보기보다는 오직 정답을 찾아내는 것에 포커스가 맞춰져 있습니다.

공식을 지혜롭게 적용했어도 답이 틀리면 0점인 것이죠.

하지만 외국에서는 수학 시험을 볼 때 전자계산기와 공식 책을 옆에 두고 시험을 본다고 합니다.

답을 찾는 것도 중요하지만 수없이 존재하는 공식 중에서 어떤 공식을 어떻게 적용하는지에 더더욱 포커스가 맞춰져 있는 것이죠.

이 두 가지의 학습 결과, 우리나라의 경우 수학 관련 전공이 아닌 경우 몇 년이면 공식과 수학, 다 잊어버립니다. 하지만 후자의 경우는 언제든지 적용하는 훈련이 되어 있는 것이죠.

방법만을 배우기보다는 방법의 적절한 활용을 배워야 하는데, 오직 방법만을 가르치다 보니 점점 수준 미달의 미용사들이 배출되고 있습니다.

자, 이제 결론입니다.

기능을 배우는 것은, 위에서도 이야기했지만 그리 오랜 시간이 걸리지 않습니다.

하지만 습득한 기능을 적절하게 적용하는 법을 배우는 시간이 최소 수년이 걸린다는 것이죠.

당신은 기능사가 되시겠습니까? 기술자가 되시겠습니까?

2011. 04. 29.

【뜸의 철학】

뜸이란 단어의 뜻은 굳이 말씀 안 드려도 잘 알고 계시죠?

우리가 밥을 할 때 열을 왕창 주다가 열을 차단한 후 잔열로 천천히 뜸을 들입니다. 밥 뜸을 덜 들이면 밥이 설익거나 특정 부위에 생쌀감이 느껴집니다. 이처럼 뜸이란 현재 진행하는 대상에 모두 균일하게 골고루 열을 전달시켜주는 일을 말합니다.

우리가 열 펌을 진행할 때도 가장 중요한 것이 연화, 수분, 뜸이라고 흔히 말을 합니다. 연화를 잘 보고 수분을 잘 가두거나 풀어주더라도 뜸을 안 들이면 결과가 좋지 않습니다.

블로우 드라이를 할 때도 가장 중요한 것이 바로 뜸입니다.

컬감을 얻고 싶을 때 뜸을 들여야지만 원하는 컬감을 얻을 수 있습니다.

핸드 드라이도 마찬가지입니다. 손안에 열을 가둔 후 뜸을 들여야 스타일이 잡힙니다.

그래서 뜸이란 다른 말로 공평한 조건의 제공이라고 말을 하고 싶습니다. 또한 뜸은 기다림이라고 말을 하고 싶습니다.

모든 시술을 마치고 혹은 시술 중 뜸을 주는 시간은 차분하게 기다려야 합니다. 결코 급하게 서두르면 뜸의 효과는 없습니다. 말을 할 때 뜸을 들이는 이유는 뭔가 말을 하기 꺼려질 때, 아니면 내가 하려는 이야기를 잠시 정리하는 때입니다. 그리고 마음속에서 정리된 이야기를 밖으로 뱉어냅니다.

미용에 있어서 뜸이란 과연 열을 주는 시술에만 존재할까요? 뜸은 모든 작업에 동반됩니다.

상담을 할 때, 고객과 상담을 하며 천천히 뜸을 들여 봅니다. 나의 머릿속에 있는 모든 시술법과 스타일에게 골고루 기회를 줘 봅니다. 그렇게 결론을 얻어냅니다.

컷을 합니다. 가까이서 보면 안 보이는 비대칭이 두 걸음 뒤로 물러나 보면 보입니다. 그렇게 뜸을 들여 봅니다. 아무리 성질 급한 손님이라도 이러한 뜸 행위에는 좋아합니다.

'아. 정성을 다하는구나.'

불과 몇 초 안 되는 뜸 행위가 고객에겐 감동을 줄 수 있는 것이죠.

이상 제가 나열한 이야기는 여러분도 다 알고 계시고, 이미 실천하고 계시는 내용입니다.

제가 드리고 싶은 말씀은 딜레이의 개념이 아닌 차분하게 정리하는 개념의 뜸을 많이 들여 보자는 겁니다.

미용인의 가장 큰 적인 선입견을 없애는 데는 뜸만큼 좋은 것이 없습니다.

머릿속에 바로 떠오르는 것이 무조건 답이라고 생각하기보단, 잠시 뜸을 들여 보시면 더욱 좋은 답이 나올 때가 많습니다.

작업을 들어가기 전에, 약 5초간 뜸을 들이며 고객님의 얼굴과 모발을 살펴보세요. 훨씬 차분하고 여유 있는 시술이 가능해집니다.

당장 눈앞에 보이는 것만을 위해 모든 것을 다 쏟아버리면, 나중에 할 것이 없습니다.

한번 보고 말 고객이 아니잖습니까?

정말 필요한 것을 천천히 차분하게 진행하면 한 번 볼 손님, 두 번, 세 번, 일 년 볼 수가 있겠지요.

스태프 생활이 너무 힘들어서 기다리기 너무 힘이 듭니까? 뜸을 잘 들이면 잘 들일수록 밥이 맛있듯이, 이 과정을 거치면 완숙한 미용사가 될 수가 있습니다.

장사가 너무 안 되서 힘이 드나요? 급하게 서둘지 말고 차분하게 나를 돌아보는 시간을 가져보세요. 원인은 나에게 있는 경우가 많습니다.

적절한 뜸은 나를 더욱 찰지게 만들어주는 좋은 방법인 것 같습니다.

결코 지루하지 않은 뜸을 생각해 봐야 할 것 같습니다.

디자이너가 빨리 되는 거? 기능을 빨리 익히는 거? 다 좋습니다.

하지만 그 이름을 다는 순간, 커다란 책임을 져야 하는 의무가 발생함을 절대 잊지 않으셨으면 합니다.

4월…. 정리 잘 하시길 바랍니다.
활기찬 5월이 기다리고 있네요.

2011. 09. 14.

【녹슨 가위, 닳은 가위】

추석 3일 연휴를 쉬고 나와 가게 대청소를 했습니다. 간만에 구석구석 청소를 하다가 가위를 한 개 발견했지요. 몇 년 전에 구입했던 녀석인데 손에 맞질 않아 쓰지 않고 방치해두었던 것입니다. 녹이 슬어 있더군요. 손에 쥐고 굳게 다물고 있던 녀석의 입을 열어주었습니다.

뻑뻑함. 그리고 먼지와 녹….

문득, '이 가위로 손가락 자르면 베이는 것이 아니라 뭉텅이로 뜯겨 나가고, 녹으로 인해 파상풍까지 걸리겠다.'란 생각이 들었습니다.

보통 쇠에 녹이 스는 것은 공기산화와 물과의 잦은 접촉으로 인한 것입니다.

트레이 위에 있어서 늘 사용하는 녀석들. 늘 물을 흠뻑 만나는 녀석들인데 이 녀석들에게서는 도통 녹을 볼 수가 없습니다. 이런 녀석들은 닳아서 더 이상 머리카락이 잘려나가지 않을 때까지 사용합니다.

운전을 하다 보면, 운전을 잘하는 사람들은 차를 내 몸 움직이듯 움직입니다. 또, 무협지를 보면 신검합일이란 표현이 자주 등장합니다. 몸과

검이 일체가 될 때 최고의 고수가 된다는 소리입니다.

엉뚱한 생각이지만, 저는 가끔 자신의 손이 날 선 가위라는 생각이 들 때가 있습니다. 일을 해온 지나간 시간을 돌이켜보면 날이 정말 잘 선 시기도 있었지만, 너무 방치해서 녹이 선 시기도 분명 있었습니다. 또한 열심히 날을 연마하던 시기도 있었습니다.

그런데 문제는 이러한 것들을 시간이 지나서야 알게 되었다는 점입니다.

현장에서 일을 하는 상당수의 미용사들이 현재 자신의 상태를 모르거나 착각을 하고 있다는 것입니다. 녹이 슬 대로 슬어서 머리가 뜯기고 어쩌면 파상풍을 입힐지도 모르는데, 자신은 본인의 날이 여전히 잘 서 있다고 착각합니다.

또 어떤 사람은 날이 너무 서서 아주 조그만 스크래치만으로도 깊숙한 상처를 줄 수가 있습니다. 너무 의욕이 앞선 나머지 자신의 날을 마구 사용하는 경우겠지요.

제가 생각하는 가장 좋은 형태는 충분한 날을 늘 유지하고, 또 그렇게 유지하도록 늘 연마해주는 사람입니다. 여기서 '연마'란 날을 갈아준다는 일차원적인 이야기가 아닙니다. '제대로 꾸준하게 늘 사용해준다.'란 의미입니다.

이리저리 보면 녹이 슨 분도 계시고, 너무 날을 세우시는 분도 계십니다.

'도대체 내 기술이 얼마나 뛰어난 걸까? 당장 가게 그만두고 시내에서 디자이너로 뛰었을 때, 나의 손은 얼마의 가치를 받을 수 있을까? 내가 시내의 손님들을 소화해 낼 수 있을까?'라고 생각하시는 분들이 분명 계실 겁니다.

녹이 슬기 시작했단 소리입니다.

'난 내가 제일 잘해. 그리고 난 나의 공부와 연구를 절대적으로 손님들께 보여주어야 해. 나의 시술을 손님들은 무조건 인정해야 해. 나의 시술을 인정 못하는 손님은 뒤떨어진 사람이야.'

이런 분, 혹시 계시나요?

가위를 넘어 이미 무기가 되어 버린 경우입니다.

꾸준하게 사용해주고, 적당하게 기름도 쳐주고, 올바르게 보관해주어야 가위는 제대로 사용할 수 있습니다. 아무리 비싸게 구입했고, 좋은 가위라도, 사용하지 않고 방치하면 녹이 슬어 버립니다.

녹은 슨 가위가 되실 건가요?

닳고 닳아서 더 이상 사용할 수 없는 그런 가위가 되실 건가요?

【형을 잡고 다듬을 텐가? 다듬으며 형을 잡을 텐가?】

몇 년 전에 어떤 고민 때문에 잠을 설친 적이 있었습니다. 한 일이 년은 계속 그 고민을 안고 두통거리로 살았었지요.

무슨 고민이냐 하면…

어떤 형태를 만들기 위해 그 형태를 만들어가며 작업하는 시술법에 대한 회의였습니다.

말이 좀 헷갈리시나요?

그렇다면 좀 풀어서….

긴 머리 손님, 어깨 기장의 미디움 층 단발을 하려고 합니다. 늘 핀셋을 꼽아가며 각도와 모류, 슬라이스 섹션, 모든 것을 일정한 공식에 맞추어 차근차근 해나가는 일이었습니다. 계속 그렇게 일을 해왔고, 특별한 문제 없이, 클레임 없이 좋은 결과를 얻곤 했습니다.

그런데 제 실력 부족이었는지는 몰라도, 딱 한 가지 문제점이 있었지요. 차근차근 해 나가는데도 불구하고 전체의 형태가 내가 머릿속에 그렸던 그것과 다르게 나올 때!

처음엔 '손님만 만족하면 되지 뭐.' 하고 대수롭지 않게 넘겼는데 그게 아니더군요.

분명 나는 머릿속으로 네모를 염두에 두고 시작했는데 결과는 마름모가 나옵니다.

대부분 사람은 네모를 만들기 위한 어떤 공식을 적용하면 네모가 되는데, 간혹 일부 사람은 그 공식을 적용하면 네모가 아닌 마름모가 되어버립니다.

이상하다…. 이상하다….

컷 교육장을 열심히 다녀봅니다.

기술 자랑이었던 컷 세미나가 점점 디테일하고 정교해진 교육으로 시대가 흐릅니다. 미친 듯이 교육을 듣고, 보고, 연습을 해봅니다. 제가 좋아했던 그레이스리 샘의 쇼라도 열리면 만사 제쳐두고 달려가 보곤 합니다.

교육장에서 본대로 해 봅니다. 점점 형태가 무너지는 날이 많아집니다.

왜 그러지? 분명 난 교육장에서 본 대로, 들은 대로 하는데? 심지어는 교육장의 강사님과 같은 동선을 이용하는데도 왜 결과가 다르지?

왜지? 왜지?

굉장히 바쁜 어느 날이었습니다.

바빠 죽겠는데 초딩 여학생이 미디움 층 단발로 잘라 달라고 합니다. 으악! 머리도 깁니다.

에라 모르겠다.

아웃 라인의 길이만 학생과 정하고, 아웃 라인대로 장 가위로 쓱쓱 버려냅니다. 전체적인 형태는 만들어졌습니다. 거기서부터 아웃라인은 놔

두고 그 안에서 층을 만들어 갑니다.

어라? 이것 봐라? 이렇게 쉬운 길이 있었네?

전체적인 형태를 만들어놓고 조금씩 그 형태에 맞게 벼려가는 거, 그 재미에 푹 빠져버립니다.

그때부턴 내가 머릿속에 그렸던 형태가 망가지는 일은 벌어지지 않았습니다.

아싸! 이렇게 쉬운 걸?

근데 그 짓도 하다 보니 문제가 발생합니다.

형태는 만들어질 지 모르겠지만 비인간적인 형태가, 너무나 인위적인 형태가 나옵니다.

머리가 흔들리질 않습니다.

공간감이 느껴지질 않습니다.

모발이 한 올 한 올 움직이지 않고 뭉쳐서 움직입니다.

이런 젠장. 또 뭔가 문제지?

그럼 두 가지를 섞어볼까?

잉? 이젠 형태도 안 잡히고, 자연스럽지도 않네?

집착을 하면 할수록 머리는 더 안 되었습니다.

컷만 예를 들었지만, 드라이, 펌, 염색 모두 다 마찬가지였습니다.

잠실 신천에서 오랫동안 미용실을 운영하시던 원장님을 찾아갔습니다.

기술 하나만큼은 정말 최고였던 샵.

한때 10여 명의 직원이 분주히 일하던 미용실은 구성원이 두 명으로 줄고, 늙어 가시는 원장님과 함께 미용실도 늙어가고 있더군요.

여자임에도 알코올이 없이는 하루도 버티지 못하셨던, 그 기술 좋던 원장님은 늘 제게 넋두리를 하셨습니다.

저도 넋두리를 합니다.

"원장님, 머리가 안 돼요."

심드렁하게 한마디 하십니다.

"밖은 흐르는데 난 고여 있다."

머리가 안 된다는데 뭔 이상한 말씀만….

알코올 중독 중증이신가?

지금도 전 답을 잘 못 내리고 있습니다.

어느 날엔 잘 되던 머리가 어느 날엔 굉장히 어렵습니다.

제가 늘 웃는 소리로 말을 하곤 합니다.

"작업 중 맘속으로 '아… 오늘 머리 멋지겠는데? 난 정말 실력이 괜찮아.'라고 생각만 하면 클레임이 발생한다."고요.

오히려 맘속으로 안절부절 하며 작업할 때, 결과에 대한 의심을 가진 채 샴푸실에서 마지막 작업을 하고서야 비로소 맘이 놓일 때, 이럴 때가 결과가 좋아지는 미용사로서의 나의 모습.

조금씩 형태를 잡아가는 것이 나을지, 커다란 형태를 미리 만들어놓은 후 그것에 맞게 나를 만들어가야 할지….

　다만 이러한 고민 속에서 얻은 것 한 가지는 '미용은 기술이 전부가 아니다.'라는 확신! 그리고 늘 긴장하고 방심하지 말아야겠다는 생각, 경력이 밥 먹여 주는 거 아니라는 현실이었습니다.

　잠이 부족해 횡설수설해 봅니다.

2012. 01. 11.

【포장마차 아주머니의 영업 비결】

지금 자리 이전의 가게 때 이야기에요.

남편이 시청 환경미화원이신 여자 손님이 계셨어요. 남편분 연봉이 이 런저런 목욕 수당까지 해서 약 3,300 정도 된단 이야기를 들었지요.

사실, 아이들 키우면서 살 때 연봉 3,300만 원 정도면 많이 빠듯합니 다. 근데 이 여자분이 머리를 자주 하시는데 고가의 시술을 전혀 거리 낌 없이 하시곤 했어요. 월 15~20만 원 정도를 꾸준히.

'광주 토박이 부잣집 딸인가?' 하고 봤지만 그것도 아니고, 맨날 낮에 동네를 다니는 것 보면 일을 하는 것도 아니고, 그렇다고 물어볼 수도 없고….

그러다가 재미난 광경을 목격했습니다.

광주 'ㅁ' 예식장 부근. 새벽마다 일용직 일을 하시는 분들이 우글우글 모여 있는 곳이 있는데 거기서 포장마차(?)를 새벽에 하시더군요.

근데 메뉴가 간단했어요. 오직 멀건 콩나물국. 가격 2000원. 커다란 찜통 두 개에 콩나물국이 가득 있고 한켠에는 공깃밥이 가득. 반찬도 단 무지와 깍두기, 고춧가루.

재미났던 것은 양복을 입은 직장인들도 꽤 많이 앉아서 콩나물국을

흡입하더라는 사실이었습니다.

나중에 가게에 오셨을 때 장사하시는 거 봤다고 하고 이런저런 이야기를 했습니다.

새벽 5시에 나가서 두 시간 정도 하고 들어오시는데 다 팔면 보통 10만 원 벌고, 7~8만 원 벌고 들어올 때도 있다고 하시더군요. 암튼 준비해 간 거 거의 다 팔고 들어오신다고. 이유를 여쭈었더니 10만 원 팔면 7만 원 정도 남는다고 하시네요.

일용직 하는 분들이나 새벽에 일하시는 남편을 비롯한 환경미화원분들께 따뜻한 국물이나 드리자면서 시작했는데 의외로 일찍 출근하는 직장인들이 많이 온다고. 아침 몇 시간 일하시는 것 치곤 벌이가 제법 쏠쏠하신 거지요.

장사가 잘 되는 비결을 여쭈었습니다.

공개하셨는데…. 그 비결이란 게,

"손님에게 콩나물국을 너무 뜨겁게 내지 않는다."

는 것이었습니다.

헐….

전 생각지도 못한 답이었습니다. 값이 싸거나 가격 대비 맛이 좋아서

란 생각만 했지, 이런 엉뚱한 답이 나올진 몰랐습니다. 근처에 24시간 해장국집이 많이 있는데, 출근 시간에 쫓기는 직장인들은 팔팔 끓인 채 나오는 해장국을 먹을 시간이 없기 때문에 바로 편하게 먹을 수 있도록 적당한 온도로 국을 손님에게 낸다는 게 그분의 설명이었습니다.

역시 장사란 고객의 마음을 제대로 읽는 거란 생각을 하게 된 이야기였습니다.

손님이 많은 미용실은 분명 가격적인 문제도 맞을 것이고 기술도 훌륭하겠지만, 뭔가 남들이 생각도 못 할 비결이 하나쯤은 있을 것이란 생각을 해봅니다. 그리고 비결이란 게, 무조건 투자를 많이 해서 얻는 거창한 생각인 건 아닌 것 같습니다.

올해 남들이 생각지도 못한 영업 비결 한 개씩은 개발해 보는 그런 해가 되길 기원합니다.

【시대가 발전해 연장이 좋아져도】

다들 아시다시피, 이번에 제 가게를 리모델링 했습니다. 업체에 맡기지 않고 제 친구와 제가 둘이서 했습니다. 솔직히 제가 하는 일은 그다지 없었습니다. 할 줄 아는 일도 없었고요. 도면 그리기. 자재 구입하기. 벽돌 붙이기. 타일 바르기. 쓰레기 치우기. 등 달기… 그리고 가장 큰 일이 한옥 목수인 친구 뒤를 졸졸 따라다니며 친구 보조를 해주는 잡부 역할이었습니다.

친구 녀석은 1톤 트럭에 각종 장비를 싣고 왔습니다. 타카(못을 쏘는 총), 타카에 공기 넣는 에어, 수평과 수직을 맞추는 레이저, 전기톱, 그리고 이름 모를 각종 장비….

공사를 하는 내내 들었던 소리가 타카 소리였습니다. 예전, 타카가 없었을 때는 일일이 망치로 못을 어찌 박았을까 하는 생각이 들 정도로.

타카로 쉽게 못을 쏴줍니다. 예전엔 일일이 톱으로 썰어야 했던 나무들도 전기톱이 한 번 지나가면 무수한 나무 찌꺼기를 배설하며 바로 잘려나갑니다.

수직과 수평을 맞추어야 하는 작업. 예전엔 사람이 사다리 타고 일일이 사이즈 재가며 했을 그 작업을 레이저로 쏴주고 먹실을 한 번 팡~ 튕기니 벽면에 재단선이 생깁니다.

우리가 허리에 차고 일하는 가위집처럼 목수도 허리에 기본 연장을 차고 일을 합니다. 작은 톱과 망치, 그리고 대패가 있었습니다. 최첨단 장비들이 가득한데 목수의 몸엔 가장 오래된 아날로그 연장이 있더군요. 최첨단 장비 속에서도 이 아날로그 장비들의 효용은 엄청납니다.

망치는 못을 치거나 박는 데만 쓰지 않고 뭔가를 밀어 넣을 때나 뭔가의 수평을 맞출 때 쓰이고, 세세한 곳은 대패로 세밀하게 밀어냅니다. 톱 역시 전기톱이 있는데도 의외로 참 많이 사용됩니다. 전기톱으로는 미처 할 수 없는 세세한 작업에.

친구가 망치질을 하는 것을 보았습니다.

전 거기서 미용사들의 올바른 블런트를 보았습니다.

작은 못에 올바른 각도로 적절한 힘으로 망치질을 하니 못이 바르게 예쁘게 박힙니다.

'목공의 가장 기본 소양인 망치로 못 치기를 제대로 할 줄 아니 장비를 잘 이용하는구나.'라는 생각이 들었습니다.

'이 친구가 올바른 망치질을 하기 위해서 얼마나 시간을 투자했을까?', '현장에 몇 번이나 나가서 익혔을까?'란 생각을 해보았습니다.

저도 뭔가를 만든다고 톱질을 하기 위해 나무에 선을 긋고 톱질을 해봅니다. 톱이 선을 벗어나 잘린 면이 너덜너덜합니다. 첫 재단이 잘못되니 목적했던 형태가 나올 리가 없었습니다.

가게에서 와이프랑 일을 하면서 세상을 잘 보질 못합니다. 그냥 보름에 한 번씩 타 샵에 가서 컷을 하는 것이 전부입니다. 그래서 제가 아직 우물 안의 개구리인지 모르겠습니다.

카페를 통해서 참 많은 미용인들을 봅니다. 누구는 한 샵에 몇 년을 근무해도 디자이너가 못 된다고 고민을 토로합니다. 또 누구는 금방 디자이너 달았다고 합니다.

전 경력 우선주의자가 아닙니다.

미용 오래 했다고 머리 잘하는 것도 아니고, 경력이 짧아도 머리 잘하는 사람 많습니다.

근데 요즘은 망치로 못도 제대로 칠 줄 모르는 사람들이 장비만 믿고 실력이 있다고 외칩니다.

토끼와 거북이 이야기가 있습니다.

임팩트가 강한 토끼는 순식간에 결승선 앞에 도착해서 멀리 오는 거북이를 보며 늘어지게 한잠 잡니다. 결말은 다 아시다시피입니다.

근데 전 이 이야기에서 다른 것을 묻고 싶습니다.

토끼와 거북이에게 같은 질문을 해봅니다.

"너희들은 결승선까지 오면서 무엇을 보았니?"

순식간에 결승점까지 뛰어간 토끼는 오직 달리느라고 아무것도 못 보았을 겁니다.

하지만 거북이에게는 참으로 많은 것이 보였을 겁니다.

마라톤을 하기 위해선 체력이 필수입니다. 미용사에겐 꾸준한 현장 경력이 곧 체력이라고 생각합니다.

빠르게 가는 거? 참 좋죠. 성취감도 있고. 멋지고.

하지만 남들보다 빠르게 가다 보면 못 보고 지나치는 것 역시 참 많습니다.

똑바로 자르기도 못하는 사람이 난 디자이너라고 떠들고 다닙니다.

한 손님을 두고 6개월이면 밑천 드러낼 실력을 가지고 난 단골이 있네 없네 잘난 척합니다.

언젠가 이야기했지만 한 손님에게 펌 시술을 10번은 해본 적이 있어야 비로소 디자이너의 반열에 들어갈 수 있고, 그러한 손님을 30명은 보유(?)하고 있어야 일류라고 할 수 있을 겁니다.

그런데 제가 장담하지만, 2년 미만으로 디자이너 달은 분 중에서 한 손님에게 펌을 10번 한 분은 없습니다. 초반에 강한 임팩트로 내가 가진 모든 실력 동원해서 4~5번 정도는 가능할진 몰라도 그 이상 되면 밑천이 바닥나 버립니다.

기초가 단단한 분들. 꾸준한 현장경력으로 많은 선생님들의 작업을 서브해가며 눈으로 작품을 익혔던 이들. 설사 잊어먹었다고 해도 인간의 뇌는 대단해서 상황이 닥치면 생각이 나지요.

세월이 좋아지고 약이 좋아져서, 두세 번의 절차가 걸렸던 작업이 한 번의 도포로 해결이 되어 버리고 너무나 편한 연장들과 장비들이 쏟아지는 요즘.

다 같은 조건 속에서 살아남는 사람은 누굴까요?

답은 이미 나온 것 같습니다.

2012. 07. 09.

【임만 살아있느】

   한가하군요. 지난달에 엄청나게 바쁘더니 이번 달 팅팅 놀고 있습니다.

   늘 하는 이야기지만, 제 경험으로 보기에, 막 디자이너를 달고 약 2년간은 입과 손이 다른 시기입니다. 말로는 청산유수고 상담은 끝내주게 하는데 결과는 미용사의 의도와는 다르게 나오는 시기이죠. (제가 그랬단 이야깁니다.)

   이 시기가 지나고 제가 생각하는 미용사로서의 촉이 가장 오르는 시기는 인센티브제의 제도권 안에서 근무하는 경력 5~8년 차 정도라고 생각합니다. 이 시기엔 자신이 우주에서 미용 기술이 가장 좋다고 자만하는 시기입니다. 아주 건방에 꼴값을 떠는 시기이기도 하구요. (아닌 분들 많은데 죄송합니다. 제 경험이라고 말씀드렸다시피, 제가 그랬습니다.)

   잠시 사족을 좀 달자면, 훗날 내 샵을 가지길 원하는 분들은 반드시 인센티브제를 최소 3년은 경험해 보아야만 합니다. 단순히 안정된 월급제로 있던 미용사들과는 차원이 달라집니다. 하지만 감각의 촉은 가장 살아날 때입니다.

그 시기가 지나서, 기술의 축이 정점이 되는 시기가 10년에서 13년 정도일 때인 것 같습니다. 미용사의 그래프가 가장 오를 때죠. 아마 이 시기면… 오픈한 지 3~4년 정도의 시기가 일반적일 겁니다. 아울러 미용사가 장사꾼을 겸하게 되는 시기이기도 하구요.

이때부터 어떻게 하느냐에 따라서 일류가 되느냐, 삼류가 되느냐가 갈립니다.

그냥 늘 하는 손님들만, 내가 가진 기술로만 우려먹는 분들 많이 계십니다. 이 경우 내가 먹는 나이만큼 손님들의 평균 연령도 올라갑니다. 연령이 올라가는 만큼 반비례로 단가는 떨어집니다. 메뉴도 제한됩니다. 예술을 해보고 싶어도 이미 때가 늦어집니다. 당장 돈이 아까워서 연장 들여놓는 것에 인색해집니다. 결국 남들 다 들여놓은 후에야 뒤늦게 중고로 들여놓습니다.

젊은 손님들이 들어오면 겁이 납니다. 손님들이 요구하는 스타일의 이름이 외계어로 들리기 시작합니다. 반대로 고집은 세집니다. 내가 펼칠 수 있는 스타일이 이미 제한이 생겼기에.

혹은 손님이 다른 스타일을 요구해도 무시합니다. 오직 내가 말하는 스타일이 옳습니다. 그래서 열 명을 컷하면 열 명의 컷이 다 똑같습니다. 내가 그것만 할 줄 알기에 그것만 고집하는 것은 망각하고 손님을 진상이라고 단정 짓습니다.

그렇게 미용사도, 손님도, 샵도 같이 늙어갑니다.

분명 꾸준한 마사지만 했어도 탱탱할 것을, 결국 성형 아니면 안 될 지경까지 갑니다. 세 가지 모두 다요. 하지만 성형으로 돌리기엔 이미 너무

늙었습니다. 원장도. 손님도. 샵도.

  반대로 10년~13년 차가 되었음에도 다시 첨부터 시작하는 이도 있습니다. 10년이면 강산이 변한다고, 내가 알고 있던 것은 강산이 한 번 변하기 시절 전의 것이니 잊어버리고 새로 시작하는 사람이 있습니다.

  촉이 좋은 후배들의 시술이 눈에 들어오기 시작합니다. 이미 기술의 촉은 올라있는 상태기에 감각의 촉이 올라와 있는 젊은 친구들의 것은 스펀지처럼 흡수가 됩니다. 이미 길은 알고 있기에 보기만 해도 머릿속에서 도해와 설계도가 바로 그려지고, 그것을 제대로 풀어낼 수 있습니다.

  내가 알고 있던 기술들이 진부해지기 시작합니다.

  내가 어제 뽑아낸 스타일이 오늘은 촌스럽게 느껴지기 시작합니다.

  젊은 손님들을 기다립니다. 도전해보고 싶어집니다.

  나는 늙지만 내 내공을 진짜 알아주는 젊은 손님들이 늘어갑니다.

  고객의 머리 길이가 길어집니다. 연장이 다양해집니다. 단가가 올라갑니다. 매뉴얼이 다양해집니다. 예술이 가능해집니다.

  그리고 어느 날, 내가 촌스럽다고 생각했던 예전의 기술들이, 지금 내가 펼치는 기술의 베이직이었음을 깨닫습니다. 그래서 더 이상 두려운 손님은 없습니다. 못 해낼 머리도 없습니다. 난해한 머리는 있을망정, 시술이 힘든 머리는 있을망정, 못해낼 머리는 없습니다.

  안 되는 머리와 되는 머리의 구별이 확실해집니다. 가능한 스타일과 불가능할 스타일의 확신이 정확해집니다.

단 3초면 시술의 전 과정이 머릿속에 떠오릅니다.

비로소 손님을 압도할 수 있는 여유가 생깁니다. 주둥이만 살은 여유가 아니라 진짜 여유 말입니다.

요즘 주둥이만 살은 미용사들이 주변에 많아져서, 주둥이만 살은 제가 쓸데없는 이야기 좀 해보았습니다. (표현이 다소 거칠어 죄송합니다.)

【동네 미용실이란 명칭을 버리자】

요즘 미용실이 참 많습니다.

대형 매장도 꽤 보이고 중형 매장도 제법 있습니다.

하지만 대한민국 절대다수를 차지하는 것이 바로 저와 같은 동네 미용실입니다. 동네 미용실 중에서도 도로변에 있는 로드 샵이 아닌 뒷골목 샵이 대부분입니다.

동네 미용실이란 명칭, 이젠 버릴 때가 왔다고 봅니다. 동네 미용실이 아닌 개인 브랜드로 바뀌어야 한다고 전 생각합니다. 그래야 정글 같은 이 환경에서 살아남을 수 있습니다.

대형샵에서 근무하는 디자이너들도 마찬가지입니다. 샵의 스펙은 샵의 일원일 때 존재하는 것이지 다른 곳으로 이동하면 스펙이란 참으로 허무한 것입니다.

개인 브랜드란, 내 이름과 내 얼굴과 내 손을 걸고 일하겠다는 고객과의 약속입니다.

확언하건데 앞으로 인터넷이 익숙한 젊은 사람들의 중장년화가 계속될 것인데, 그들이 이런저런 매체나 인터넷 등으로 인한 선택과 집중은 심화될 겁니다. 한마디로 자신의 이름과 능력을 어필하지 못하는 미용사는 도태가 된다는 이야기겠죠.

잘 되는 업장은 더 잘 되고 안 되는 업장은 더 몰락하는 현상이 나올 거예요,

준비해야 한다고 생각합니다.
어떤 형태가 되었든 자신만의 개인 브랜드를 구축하는 거.

제 가게엔 디자인 컷이란 매뉴얼이 있습니다.
"그냥 다듬어 주세요."와 "5분간의 디테일한 상담 후에 해드리는 컷"의 요금이 왜 비슷해야합니까?
나만의 독창적인 테크닉이 들어간 와인딩 펌 시술이 왜 일반 펌과 가격이 비슷해야 합니까?

우리는 보통 제품의 단가로 인한 차이를 단순 대입해서 요금을 책정합니다.
하지만 이젠 웬만한 제품 원가는 인터넷에 다 공개가 되어 있습니다. 좋다고 하는 제품광고 배너는 지역마다 넘칩니다. 제품만으로 시술요금을 책정하는 시대는 이제 지나가고 있습니다.

내 손이 얼마나 사용되느냐?

내 지식이 얼만큼 적용되느냐?

작업 시간이 얼마나 추가되느냐?

이런 것들로 시술요금이 책정되어야 합니다.

매직은 그렇게 받고 계시죠? 곱슬의 강도에 따라, 모량과 손상도에 따라 가격을 다르게 책정하십니다.

근데 우리 일의 근간인 컷과 웨이브, 펌은 그러지 않으시죠?

그러면 반문하십니다

"그러면 손님이 싫어할 거다."

우린 머리를 찍어내는 기계가 아닙니다.

스타일리스트입니다.

창작자이며, 스타일 가이드입니다.

개인 브랜드를 구축해보세요.

단돈 천 원이라도 내 일의 가치를 높일 수가 있답니다.

동네 미용실에서 연 매출 2억. 분명 가능한 수치입니다.

옆집에서 얼마를 받던 신경 쓰지 마시고 내 가치를 높이기 위해 무엇을 해야 하는지 고민해봅시다.

【2만 원 펌의 교훈】

2013. 08. 13.

내 손의 가치.

오래전 이야기다.

내 지인들에겐 참 많이 이야기했던.

1996년도쯤, 난 내가 우주에서 제일 머리를 잘하는 미용사인 줄 알았다.

당시 대한민국에서 제일 잘 나가던 브랜드 매장에서 단골 매출 1등을 하던 때, 컷은 15,000원, 펌은 기본 40,000원에 이것저것 옵션 넣으면 십만 원은 그냥 넘겼는데, 지금은 큰 금액 아닐지 몰라도 당시에는 상당히 고가였다.

집이 수지로 이사를 가는 바람에 수원으로 직장을 옮기게 되었다.

재료상에 가서 잘난 척 온갖 지랄을 떨었다.

난 서울에서도 어디 어디 미용실 출신이니 수원에서 가장 좋은 미용실에 취업시켜주세요.

첫 번째는 김교숙 선생님의 샵이었으나 인원이 다 찼다고 했고, 두 번째 소개받은 곳이 안만진 미용실이란 곳이었다.

두 군데의 직영점이 있던 샵. 면접을 보고 첫 출근을 하던 날 난 경악을 했다.

펌 20,000원!

헉…!

컷 7,000원!

또, 헉…!

아니, 내가 컷만 15,000원 받던 사람인데 이런 싸구려 지방 미용실에?

첫 손님이 당시 유행하던 김희선 빠글이 펌 손님이었는데, 당시 스태프였던 친구와 와인딩만 30분.

'이게 20,000원이라고? 이런 닝기리~.'

속으로 욕을 바가지로 했다. 같이 일하던 디자이너들은 눈에 들어오지도 않았다. 7,000원짜리 미용사들과 섞이기 싫었다.

보나 마나 실력도 없을 거다.

곧 내게 배우러 오겠지?

서울의 엘리트 출신인 내가 잘 가르쳐주마!

불평과 불만으로 한 달 가까이 억지로 보냈지만 그 누구도 내게 도움을 요청하거나 다가오는 이가 없었다.

비가 오던 어느 날, 샵에는 바가 있었다. 나만 손님이 없어서 바에 앉아 처음으로 다른 디자이너들의 작업을 보았다.

가장 가까이 보였던 김 선생님, 손님이 줄 서서 대기하고 있었다.

옆에 있던 직원에게 "저 선생님, 손님이 많네?"라고 했더니, 한 달에 천만 원을 찍는단다. 지금이야 천만 원이 어렵지 않지만 그때는 매직과 셋팅 펌이 없던 시절이다.

김 선생님의 손가락이 보였다.

삐쩍 마른 몸에 가분수처럼 머리는 과장되게 드라이를 하고선 시술을 하는데, 그 손가락이 너무 감성적으로 보였다.

다른 디자이너들도 보이기 시작했다.

충격이었다.

내 옆자리에서 일을 하던 정 선생님 두 분. 실력도 너무 좋고 손도 빠르며 본인들의 색이 분명해 보였다. 그러고 보니 내 스태프 보경이도 디자이너급이었다. 7,000원짜리 지방 미용사들이라고 우습게 봤던 내가 갑자기 엄청나게 쪽팔리기 시작했다.

그리고 망치로 한 대 맞은 듯한 느낌 하나.

내 손이 15,000원짜리가 아니라 내가 몸담고 있는 샵의 요금이 15,000원이라는 사실.

내가 어디 어디 샵의 출신이라고 떠들지만 결국 지금 내가 있는 곳이

나의 모습인 걸.

가격을 얼마 받던, 지금 내가 속한 자리에서 최선을 다한다면 천 원짜리 컷도 부끄럽지 않다는 것을.

결국 난 그 샵에서 제일 부족한 미용사였던 걸.

먹고 사는 일은 거룩합니다.

앞집에서 펌을 만 원 받고 컷을 오천 원 받아도, 그 사람을 욕할 필요가 없어요.

그분에겐 우리와 마찬가지로 생계의 문제니까요.

간혹 분위기에 휩쓸려 자신의 실력보다 더 높은 가격을 붙여놓고 놀고 있는 샵을 봅니다. 많은 이들이 멋지다고 박수 쳐주니 정작 난 밥을 굶어도 자존심이랍시고 지키죠.

미용사는 일을 해야 합니다

일을 해야 손의 가치가 올라갑니다.

자신의 능력을 제대로 인지해야 발전하고 가치를 높여갈 수 있습니다.

높여봅시다.

저렴하게 받는 옆집 탓 하지 말고, 내가 내 가치를 올리면 되는 겁니다.

내 손의 가치란, 고객의 웃음이 만들어줍니다.

컷을 5만 원을 받아도 고객이 활짝 웃어주면 성공한 겁니다.

전 아직 3만 3천 원 더 올려야 하는군요.

【스스로의 관찰자가 되자】

미용사는 가끔 유체이탈을 경험해봐야 한다.

참 많은 미용인들이 경력이 곧 실력이라고 착각한다.

길거리를 다니다 보면 미용실과 미용사와 고객이 함께 늙어가는 업장을 심심찮게 발견하곤 한다.

자기만의 기술세계에 잡혀 그 기술만을 우려먹는 이들.

어느 날부터인가 젊은 손님의 말이 외계어로 들리고, 손님에게 컷과 펌의 이름을 처음 들어 부랴부랴 스마트폰 검색을 하다가

"에이~ 이름만 거창했지, 이거 그냥 ○○스타일이네. 같은 거야. 유행은 돌고 돌아~"

라고 답한다.

그리곤 본인이 아는, 아니 본인이 할 줄 아는 그 과거의 형태를 현란하게 시술한다.

소도마끼.

맥 라이언 스타일.

최진실 머리.

바람 머리.

아톰 머리.

바디 펌.

자갈치 머리.

고준희 펌.

지난 20년간 아웃 컬 펌의 명칭이다.

이게 다 똑같은 아웃 컬 펌일까?

전체형태는 아웃 컬이 깔려 있지만, 분명 다 다르다.

컬의 각도는 점점 달라졌고, 컬의 크기 역시 다르며, 정면 모양이 아닌 사이드 시선에서의 곡선이 모두 다르다.

자기 기술에 빠져있는 이들은 이 차이점을 애써 무시한다. 분명 인지하고 있으면서 투블럭 컷이 더블 컷이랑 같다고 말하는 미용사도 봤다.

미용사는 유체이탈이 필요하다. 때론 스스로의 관찰자가 되어야 한다. 주기적으로 자신의 모습을 객관적으로 볼 필요가 있다.

트랜드에 얼마나 따라가고 있느냐가 감 있는 미용사로서의 가장 중요한 부분이다. 어떤 연장이 있어야 하고, 어떤 제품이 있어야만 펼쳐지는 기술이 아닌, 마음속의 연장과 제품과 트랜드가 준비되어야만 한다.

나도 발악한다.

22년간 쉼 없이 현장에서 고객님들과 만났지만 아직도 작업 중엔 긴장이 되서 눈과 입이 튀어나온다. 아직 부족하다는 증거다.

그래서 그것을 채우려고 늘 몸부림치는 중이다.

난 정직하게 일해 온 미용사들이 다같이 잘 먹고 잘 살았으면 좋겠다.

하루 10시간,

일주일 60시간,

한 달 240시간,

이렇게 치열하게 살면서 월 500 이상은 기본으로 벌어야 한다고 생각한다.

언젠가 어느 방송프로에서 미용사가 다른 미용사의 작품을 평가하는 이야기를 들은 적이 있다.

맘에 안 드는 이야기였다.

평가는 고객이 하는 건데.

하지만 순수하게 누군가 나의 작업에 대한 조언을 해줄 수가 있다면…? 그리고 그것을 쿨하게 받아들일 수 있는 마음만 준비되었다면?

선 하나, 면 하나의 차이로 생기는 디자인을 도와드릴 수도 있을 것 같다. 그런 고민이 있으신 분들과 만나고 싶다.

참 많은 미용인분들이 과분하게도 뚱 선생님 덕이란 말씀들을 주신다.

진짜 물건 파는 이런 거 말고. 어려운 각도나 이론 이런 거 말고. 오로지 현장 그리고 트랜드. 동네 미용실에서도 강남 필을 뽑아낼 수 있는 그런 이야기 더 많은 분들과 나누고 싶다.

그게 좋다.
그리고 그런 만남을 통해 비로소 난 내 자신의 유체이탈을 경험해 본다.

그분들을 통해 내가 부족한 면을 더 깨닫기 때문이다.

【열 펌의 시작】

1997년도였어요. 매직스트레이트란 펌이 유행하기 시작했어요.

재료상 직원분의 권유에도 전 처음엔 매직의 결과를 불신해서 받아들이지 않다가 약 한 박스에 기계 한 대 준다기에 넘름 받았죠.

당시엔 연화란 용어도 없었고, 그걸 가르쳐줄 강사도 교육도 없었어요. 그냥 제품회사의 강사들이 간단히 설명하는 정도? 처음 약이 나왔을 땐 약이 매우 불안정해서 전처리, 중간처리, 후처리 등 시술이 매우 복잡했습니다.

보통 4시간 이상. 시술가도 30만 원. 하지만 곱슬이 퍼진다는 기적 같은 사실에 고액이지만 많은 사람들이 지갑을 기꺼이 열었죠.

그리고 동시에 나온 셋팅 펌. 시술가 18만 원, 당시의 매직기나 펌기에는 온도 조절 장치가 없었어요.

정비되어 있지 않은 교육.

불안정한 약.

온, 오프만 있던 기계.

채워주는 개념이 아닌 겉만 붙다 금방 떨어지는 클리닉제.

바야흐로 대한민국 여성들 모발 손상의 새 역사가 열린 것이었습니다.

처음 매직을 시작했을 때, 연화제를 모두 도포하면 꼭 보울에 약이 남았지요. 그 남는 약, 손님에게 더 발라준다고 정수리 겉머리에 마치 닭꼬치 양념 바르듯 더 발라주었죠. 온갖 생색을 내며. 그리곤 그 위로 열처리.
머리가 부러지고 끊겨서, 저 정말 손님들에게 많이 빌었죠. 이상하게도 매직만 하면 머리가 타는 겁니다.

어느 날, 새로 들어온 스태프에게 연화를 시켰는데 손상모와 건강모를 구분해서 도포를 하는 겁니다.
순간 머릿속이 환해졌죠.
일반 펌을 할 때도 손부와 건부에 각 시스와 치오를 구분해서 도포했는데…
그래! 매직 약도 결국은 펌제구나?

덕분에 연화의 기본을 얻었습니다.

셋팅 펌도 기계를 사서 내리 10명 넘게 태워 먹었죠. 요즘 표현으로 너무 과하게 구워버려서 늘 롯드랑 파지랑 머리카락이 붙어버리고…

너무 바빴던 주말. 하기 싫었지만 밖에서 기계 보고 들어온 손님의 셋팅 펌을 했는데 너무 바빴습니다. 연화 세척 후 물이 뚝뚝 떨어지는 상태에서 될 대로 되란 심정으로 와인딩을 하고 열처리 후 중화를 하는데…

오~ 마이 갓~!

처음으로 머리와 롯드가 안 붙은 겁니다.
전 그날 처음으로 컬을 만났고, 열 펌의 수분을 배웠습니다.

디지털 펌이 첨 나왔을 때 비로소 펌제의 멀티성을 알게 되었고, 볼륨 매직을 첨 접하면서 뜸을 얻었습니다. 아이롱 펌을 배우면서 연화와 열과 수분과 뜸의 조화를 터득하고 있습니다.

우리 앞에 몇 년 만에 한 번씩 나타나는 새로운 충격들.
약은 그 목적에 너무 가까워지고, 연장은 날로 편해지고, 교육은 넘칩니다.
일할 맛 나는 세상이죠.
하지만 도태되기도 쉬운 세상이에요. 경력으로 기술 숙련도의 높고 낮음이 나뉘는 시절도 이젠 얼마 남지 않았습니다.

시다란 표현이 사라졌듯이 디자이너와 인턴의 경계가 모호해질 것이고, 결국은 개인 아니면 기업 형태의 영업만이 살아남을 겁니다.

잘 생각해보세요. 어제 처음 나온 기계나 연장이 있습니다. 경력 20년의 미용사나 이제 경력 1개월 차의 새내기 미용사나 그 연장을 사용한 경력은 똑같이 2일입니다.

앞으로 연장과 약과 교육들이 일류와 스태프 간의 거리를 매우 좁힐 겁니다. 그래서 고여 있으면 안 됩니다. 스태프들에게 무시 받기 싫어서 일부러 권위를 세워보려 하지만, 요즘 스태프들은 허잡한 디자이너들을 인정하지 않습니다.

원장도 마찬가지입니다.

자기 색이 확실하지 않으면서 그저 내가 원장이고 경력이 많으니 내 말과 기술이 무조건 옳다고 하면 존경받지 못합니다.

전 제 직원들에게 진짜 미용 선배로, 한 명의 인간으로 존경받고 싶습니다. 그래서 더 열심히 노력합니다. 쫓아오는데 가만히 있으면 결국은 따라잡히고 끝내 경주에서 지겠죠.

달려볼까요?

2014. 02. 20.

【우리는 결코 을이 아닙니다.】

당신이 있기에 제가 존재합니다.

하지만 당신이 내게 지불하시는 돈,

당신은 내게 돈을 주십니다.

나는 당신에게 돈을 받기 위해 당신의 그 까칠함을 웃음으로 받아주며, 당신의 고민 상담을 해 드립니다. 그리고 당신께 아름다운 스타일을 드리기 위해 400번의 가위질을 하고 제품을 듬뿍 사용합니다. 여러 번 당신의 머리를 감겨드리고 손목과 어깨가 아프도록 와인딩과 핸드 플레이를 합니다. 100만 원이 넘는 고가의 기계를 이용해야 하며, 당신이 편안함을 느끼시도록 쿠션과 잡지와 차를 제공합니다.

당신의 스타일이 완성되기 전까지 긴장은 극도로 올라오고, 혹시 내가 당신의 사회생활에 피해를 드릴까 조심스럽게 작업에 임합니다.

스타일이 완성되었을 때 당신은 돈으로 살 수 없는 기쁨을 얻으신 것이고, 밖에서는 예쁘단 찬사도 들을 겁니다.

당신의 생각 없는 말에 늘 스트레스를 받지만 우린 웃습니다.

당신이 내게 주는 돈만 생각하지 마세요.
우리는 그 이상을 드립니다.

고객에게 이런 이야기를 떳떳하게 하고 싶습니다.
그리고 그렇게 일하고 있습니다.

동네샵이지만 보이는 것이 중요하지 않습니다.
내가 얼마나 정직하게 최선을 다하는가.
그것이 제일 중요한 듯합니다.

떳떳하고 정직하게 최선을 다합시다.

머리카락 살 날리는 것도 하나의 큰 디자인이다.

오늘은 인턴님들께 드리는 이야기에요.

인턴은 늘 원합니다.

얼른 손님 머리하고 싶다.

빨리 디자이너 되고 싶다.

언제까지 샴푸만 하고 서브만 볼까?

나도 얼른 하고 싶다.

왜? 왜 기회가 안 오지?

그런데요. 인턴이 고객과 오롯이 둘만 있는 시간이 있습니다.

샴푸할 때, 머리카락 말릴 때, 컷하기 전, 프레싱이나 와인딩 전, 그리고 마무리 할 때.

특히 마무리할 때의 그 시간에 집중해서 들어보세요!

가령 볼륨 매직을 한 고객님.

펌이 잘 나왔음에도 바람과 손의 방향을 잘못 잡아 뒤집어져 버릴 때가 있어요.

셋팅 펌을 한 고객님.

컬이 루즈하게 나왔는데 생각 없이 면으로 잡아 리버스 핸드 드라이를 하다 보니 있던 컬을 없애 버립니다.

남성 컷을 한 고객님.

오른쪽 가르마인데 좌에서 우측으로 머리를 밀어 말려서 형태가 무너집니다.

인턴들이 그렇게 잘못 건조하면 선생님들이나 원장님은 힘들어지죠.

습관적으로 머리를 말리지 마세요.

원장님이나 선생님이 의도한 디자인대로. 고객님께서 바라셨던 디자인대로.

무언가 조금 미스가 보인다면 그것을 커버해 가세요. 고객님과 단둘이 마주치는 그 오롯한 시간을 허비하지 마세요.

아직은 인턴이지만 당신은 미용사 자격증이 있는 전문가입니다.

고객님께 머리카락 싸다구를 날리고 있진 않나요?

머리카락을 말린답시고 옆 고객께 머리카락 물총을 튀기고 있진 않나요?

가위를 잡기 전에 마무리를 할 줄 알아야 하고, 두상과 모류의 이해, 그리고 펌 디자인의 형태를 알기 위해선?

전문가답게 말리는 법과 예쁘게 말려 놓는 것이 매우 중요해요.

예쁘게 말려보세요.

더 빠른 기회가 올 겁니다.

마지막 힌트 하나!

예쁘게 말리는 비법 중 한 가지!

고객님이 들어오실 때의 스타일링을 살피시고, 샴푸 전에 가르마의 위치를 인지하세요.

【아이롱 펌에 관하여】

오늘은 한가한 토요일을 보내고 있습니다.

그래서 아이롱 펌에 관한 이야기를 올려볼까 합니다.

우선 아이롱 펌도 열 펌입니다.

그리고 연화란 열어서 끊어놓는 상태를 말합니다.

형태적으로 보는 연화란? 지금의 형태를 없애고 새로운 형태로 가기 위한 과정으로 보시면 되겠습니다. 그리고 연화가 되어 있는 상태에서 열을 주어 새로운 형태를 주는 것을 열 펌이라고 합니다.

열이 없으면 형태가 생기지 않는 펌은 비 열 펌, 즉 일반 펌이라고 일컫습니다.

아이롱은 형태 자체가 원입니다. 파이에 따라 다르지만 기본으로 원의 형태를 만들어주는 연장이죠. 원이 몇 개 나열되는냐에 따라 웨이브의 정도가 결정됩니다.

웨이브를 주는 기계인 디 펌기나 셋팅 펌기는 기계가 열을 주었다 뺐다 하지만, 아이롱은 시술자가 직접 열을 주는 펌입니다. 연화가 된 머리에 열이 수분을 날리면서 생겨나는 형태죠 .

문제는 어떤 머리에 아이롱 펌을 하느냐 입니다.

열 펌은 거의 모든 모질에 가능합니다. 연모를 말씀하셨는데, 아이롱의 문제기보단 연화법에서 방법을 찾으시면 됩니다. 연화를 잘 보시는 게 먼저입니다.

이제부터는 개인적인 의견임을 알려드립니다.

저는 길이가 한 뼘이 넘으면 아이롱 펌을 하지 않습니다. 길이가 있는 머리는 디 펌기나 셋팅 펌기를 사용합니다. 모발 끝에서부터 말아 올리는 시술도 하지 않습니다.

이유는?

아이롱 펌과 디 펌의 차이는 와인딩의 시간입니다.

길이가 있는 모발의 경우, 디 펌이나 셋팅 펌을 할 땐 비교적 수분이 전체적으로 일정한 상태에서 와인딩이 이루어지고 열이 한 번에 같이 들어갑니다. 그래서 어렵지 않죠

그런데 아이롱은 뜸을 각각의 판넬에 주어야 하니 아무래도 와인딩의 시간이 깁니다. 그사이에 수분이 다 날아가죠. 계속 일정한 수분을 주어가면서 와인딩을 할 수도 있겠지만, 초심자들에겐 무척 힘든 일입니다. 게다가 자연 산화의 문제도 있습니다.

그러므로 아이롱 펌을 배우시고자 하시는 분들께서는 우선 숏 스타

일, 즉 모근부터 와인딩이 시작되는 아이롱 펌부터 시작하시는 것이 좋다고 생각합니다.

컬 역시 C.J.O 컬까지만 연습하시고 숏이 아주 익숙해지시면 그때부터 단발도 해 보시면 좋을 듯합니다.

하지만 솔직히 단발부터는 디 펌이나 셋팅 펌이 더 효율적입니다.

아이롱은 연장입니다. 디 펌기나 셋팅 펌기, 매직기, 볼매기 역시 다 기계고 연장입니다

열 펌의 핵심은 건강하고 안정된 연화라고 생각합니다.

우리는 헤어스타일리스트입니다.

연장과 기계는 우리의 일을 편하게 해주는 역할일 뿐, 디자인을 만들고 이루는 핵심은 우리의 손입니다. 한 손으로만 미용을 하지 마시고 연장을 들지 않은 손도 함께 사용해야 합니다.

아이롱 펌이나 매직의 경우 한 손으로만 하시는 분들이 너무 많아요. 그래서 디자인도 잘 안 나오고 엘보도 옵니다.

컷을 할 때 빗의 역할과 손의 역할, 블로우 드라이를 하실 때 롤의 역할을 한번 떠올려 보시고 열 펌 시술 때 두 손을 다 사용해 보시기 권합니다.

【연화이야기】

오늘은 일 이야기 좀 하겠습니다. 그중에서도 연화에 대한 이야기죠. 페북이나 인터넷을 보면 연화에 대한, 상당한 깊이 있는 좋은 이야기들이 많습니다. 저는 그 정도의 깊이는 없으니 그냥 제 수준에서 조금 이야기를 해보겠습니다.

우선 연화를 테스트로 본다?
제 개인적인 생각으론, 이제 그런 시절은 지나갔다고 생각해요.
우리가 현장에서 만나는 모질은 크게 세 가지죠.
건강모, 손상모, 극 손상모.

그래서 기계의 온도 설정도 건, 손, 극 이 세 가지가 있으며, 연화제도 건, 손, 극 이 세 가지 타입으로 나옵니다. 거기에 연모나 매우 강한 곱슬 잡으라고 저항성 혹은 특수모 이런 타입도 있지만 저항성 역시 건강모의 한 가지 계열이죠. 여기에 열어주는 애(알칼리)를 넣지 않은 이른바 산성 펌제가 있고요.

라면을 가장 맛있게 끓이는 법은?

라면 봉지 뒤편에 적힌 레시피를 따라 끓이는 겁니다. 거기에 개인 성향과 기호에 따른 무언가를 하죠. 라면처럼 모든 연화제의 표기를 보시면, 시간을 지정해주었어요. '몇 분 방치하세요.' 하고 데이터를 제시한 거죠.

다시 처음으로 돌아와서 연화를 잘 보는 방법은?

저는 정확한 모질 진단부터라고 생각합니다. 그리고 손상모라면 약(화학제) 때문인지, 열 때문인지, 물리적인 이유인지, 오버 타임에 의한 손상인지 등 손상의 원인부터 파악하시는 것이 옳다고 봅니다.

만약 손상모를 만났을 때, 사전 샴푸 시 훈련이 되었다면 몰라도 그렇지 않다면?

인턴에게 맡기지 마시고 시술자가 직접 사전 샴푸하는 것을 강추합니다.

모질 파악이 끝나고 약제를 선정하셨다면?

올바른 약 도포가 매우 중요합니다.

일본 초밥 장인들은 한 손에 쥐는 쌀알의 양이 늘 같습니다.

염색을 할 때도 저울을 쓰죠. 그런데 같은 양의 판넬마다 각기 다른 양의 약이 도포가 되는 경우를 봅니다.

때문에 브러쉬에 약을 일정하게 뜨는 연습이 매우 필요합니다.

한 가지만 더 말씀드리겠습니다.

400그램의 연화제가 일반적입니다.

그런데 400그램의 연화제로 몇 분을 시술하십니까? 미디움 단발의 전체 연화를 기본으로 삼았을 때요.

현장에 계신 분들과 수업을 나누며 늘 보는 일.

바로 과도힌 약 도포.

약을 많이 먹으면 병이 낫는 것이 아니라 부작용이 생길 겁니다.

적정의 양을 내가 디자인을 넣으려는 영역에 골고루, 균등하게 사용하는 법을 익히는 게 매우 중요할 것 같습니다.

다들 연화를 잘 되게 하는 법만 공부하십니다.

연화는 '잘 되게 보는 법', '덜 되게 보는 법', '안 되게 보는 법', 그리고 '안 보는 법'.

이 네 가지를 다 이해하셔야 좀 더 안전하고 예쁜 디자인을 새로 낼 수 있어요.

저는 연화가 '지금의 형태를 새로운 형태로 만드는 첫 과정'이라고 생각해요.

그러니 기본부터 이해하시고 그 다음 디테일을 찾아보시는 것이 좋다고 생각합니다.

【알기 쉬운 산성 펌제 이야기】

제가 수업을 하면서 늘 고민하는 것은?

'어떻게 하면 원장님들께서 쉽게 이해하실까?'입니다.

오늘 쓸 내용 역시 그러한 부분으로 접근을 할 것이기에 이론 고수님들의 태클은 정중히 사양하겠습니다.

산성 펌제가 무엇일까?

우선 펌제의 성분부터 보셔야겠죠?

펌제에는 '열어주는 애', '절단 내는 애', 물, 그리고 다시 '붙여주는 애'가 있습니다. '열어주는 애'를 알칼리라고 하고 '절단 내는 애'를 환원제라고 합니다. 여기서 물은 이동수단이고, '붙여주는 애'가 산화(중화)제입니다.

산성 펌제는 말 그대로 알칼리가 적은 애입니다. 열어주는 기능이 없죠. 이미 열려 있는 모질에 사용되는 것을 산성 펌제라고 보시면 될 것같습니다. 그러므로 조금이라도 닫혀 있는 모질에 산성 펌제를 단독으로 사용하면 약이 침투를 못해서 환원력이 떨어지므로 컬이 늘어지거나 매직이 덜 나옵니다. 산성 펌제는 극 손에만 사용하시구요.

그래서 산성 펌제는 첨가용으로 많이 사용된다고 보시면 되겠습니다.
가능한 쉽게 설명 드린 거니
뭔가 어색하더라도 이해해주세요.

선입견이란 참? 하하⋯.

저는 아시다시피 뚱뚱합니다. 초딩 시절엔 별명이 '배둘레햄'이었어요. 그냥 동글동글. 중·고딩 때는 혹 말라서 20대 중반까지 마른 몸으로 살다가 지금은 저주받은 몸뚱이가 된 뚱뚱교 교주죠.

음식점에 가면 말입니다? 전 밥을 많이 안 먹어요. 특히 술배랑 밥배가 같아 둘 중 하나만 선택하는데, 대개 밥을 포기합니다. 그런데 일행들이랑 같이 가서 밥과 술을 시키면 꼭 제게 공깃밥이 가장 먼저 놓입니다. 제가 무조건 밥을 먹게 생겨서인가 봅니다.

낙지볶음 집에 갔더니 밥을 "으악!" 소리 나올 정도로 대접에 한가득 담아 와서는 이모가 흐흐흐 웃으며 "많이 펐어요."라고 말씀을 하십니다. 밥 남기는 게 미안해 원래 양의 두 배 이상의 밥을 억지로 먹고 종일 괴로워합니다.

도대체 뚱뚱한 사람이 밥을 많이 먹을 것이라는 선입견은 어디서 나왔을까요?

여기서 한 가지.

접객하는 이는 고객을 생각해서 본인의 판단으로 밥을 더 담거나 제일 먼저 뚱보 앞에 공깃밥을 놓았겠지만, 뚱뚱한 것에 컴플렉스가 있을지도 모르는 고객은 시키지도 않은 자신 앞에 제일 먼저 공깃밥이 놓이고, 식사량에 비해 지나치게 많은 양의 음식이 나온 것에 불편함을 느낍니다.

너무 많이 당해봤어요.

차라리 평소대로 하면서 "밥 부족하시면 말씀하셔요."가 진정한 배려일지도 몰라요.

겉모습만 보고 미리 결정을 내리는 그런 일은 하지 맙시다.

우리는 친절이라고, 서비스라고 하지만 그것이 때로는 고객들께 불편으로 전달될 수도 있답니다.

서비스는 배려고 편안함이라고 생각해요. 내 기준이 아닌 고객의 입장으로 봐야한다고 생각합니다. 과한 서비스나 교육받아 생긴 접객엔 진심이 안 느껴져요.

특히 프랜차이즈 샵들, 제가 다녀본 모든 프랜차이즈샵들이 다 교육으로 몸에 익힌 서비스들이 참 많았어요.

그냥 못난 생각이니 안 그런 업장은 돌 던지시구요.

근데 웃기죠?

진심이 아닌 것 같은데도 참 많은 고객들은 그것에 만족을 느껴 프랜

차이즈를 찾으시니?

그것은 비록 립서비스 일망정 격이 있는 서비스가 제공되기 때문일 거예요.

고객들은 그 서비스가 있는 곳에 기꺼이 고가의 시술료를 지불합니다.

밥을 먹으러 간 곳에서 제게 격이 있는 서비스는 그냥 흐흐흐 웃으며 밥 많이 퍼주는 이모보다, 조용히 "부족하시면 더 드릴게요."라고 하시는 분입니다. 저는 물론 후자를 찾을 것이구요.

표현을 생각하고 개발하는 것은 돈이 안 들어요. 예쁘고 고객의 스트레스를 감싸줄 수 있는 아름다운 표현은 만들면 됩니다.

얼굴이 길쭉하시네요.
양 옆에 볼륨감이 조금 부족하시네요.
머리숱이 너무 많으시네요.
하하, 모량이 훌륭하신데요?

같은 말이지만 고객님이 받아들이는 느낌은 달라요.
그러니 개발해봅시다.

2014. 05. 21.

【생각을 읽고 그대로 만들어 주는 디자인】

거창하고 싶지 않아요. 전 많은 사람들이 납득할 만한 디자인을 나누고 싶어요.

녹은 머리 재생? 탄 머리 복구? 아이롱 펌? 재미난 염색?

그래요. 이것들이 돈을 벌어줍니다. 하지만 전 뼛속까지 헤어스타일리스트에요. 의도되지 않고 잘못된 컷 위에 어떤 부피를 주고 어떤 컬러를 준들…. 시작이 애매했는데.

본인은 알지만 타인은 컷의 구조를 잘 몰라요. 본인은 손이 들어가고 고개만 흔들어도 느껴지지만 타인이 보는 관점엔….

저는 남자예요.

처음 보는 여성을 볼 때 가장 눈에 들어오는 건 몸매에요.

아웃라인. 전체적인 조화.

남자들이 흔히 말하는 "눈을 먼저 본다."는 솔직히 멘트지요. 일단 전체 라인부터 눈에 들어와야 하고, 그 전체 라인이 우선 예쁘다 안 예쁘다를 구분합니다.

힐로 높이를 조절하고 코디로 시선을 분산 조정하는 거? 그 다음 이야기겠죠.

다시 말하지만 타인이 보는 관점에선 우선 라인이 예뻐야 한다고 생각해요.

아웃라인. 각자 떨어지는 선.

근데 일반인이 느끼는 예쁜 선, 하고 싶은 라인. 이건 참… 생각들이 비슷합니다.

트렌드라 이름 붙이죠.

유행이라고도 하죠.

하지만 유행이 일각이라면 트렌드는 빙산입니다.

제 보잘것없는 생각이지만, 제발 크게 보셨으면 좋겠어요.

기술은 배우면 되요. 이제 연구반 나와서 기고만장한, 오직 기능과 기술만 익히면 당장 창업해도 된다는 이들에게 미용을 십수 년간 하신 분들이 쓴소리를 합니다.

"다 필요 없다."

정말 이렇게 말합니다.

근데 십수 년 하신 베테랑들이 기술만 배우려고 하시는 거 많이 봅니다.

스타일링은 생각을 읽고 그 생각을 만들어 주는 것이라 생각합니다.

펌이 사라지는 시간이 올 거예요. 스타일링기로 본인의 머리를 잘 하는 세대들이 올라옵니다. 날로 좋아지는 클리닉제가 홈 케어로 풀리는 시간도 얼마 남지 않았어요.

녹은 머리? 탄 머리? 복구?

얼마나 갈까요?

업스타일은 이미 일반 미용실의 종목이 아닌 스페셜들이 합니다. 예쁜 달비들이 나옵니다. 정말 끝내주게 할 거 아니면, 나머지는 힘들어질지도 몰라요.

하지만, 디자인은 달라요. 오직 스타일리스트의 손을 거쳐야만 나옵니다. 일반인들이 납득할만한 범위 내의 헤어 디자인 중에서도 예쁘게.

컬 이전에 고객에게 맞는 형태부터 생각해보셨으면 합니다.

사람들이 일반적인 시각으로 예쁘다고 느끼는 디자인을 잘 하는 미용실이 잘 되는 샵일 것이라 감히 생각해 봅니다.

【모두 지나가더라】

육년이 지났다.

유월이다.

내 나이 마흔넷.

나이 서른에 샵을 말아먹어 신불자가 되고, 와이프와 8평짜리 전세집
에서 살았다. 빚쟁이였지만 같이 열심히 살았다. 매일 매일 쌓이는 최고
장, 독촉장, 시도 때도 없이 오는 채권 추심원들의 협박 전화를 악착같
이 버텼다.

그렇게 5년 7개월 만에 빚을 털어냈다.

결혼 6년이 넘도록 애기가 안 생겨 와이프는 무진장 고생했다. 과배란
주사로 복수가 차서 병원에 가고, 인공수정은 6번 실패. 간신히 수정 후
기도하는 맘으로 결과를 기다리는데 와이프의 생리가 터지면 와이프는
넋을 놓고 울고 난 그 앞에서 못 울고 화장실 가서 울었다.

그러다 시험관으로 세상에서 가장 예쁘고 아빠 닮아 얼굴 큰, 우리 지
윤이를 만났다. 그리고 한 번의 유산 아픔 뒤에 세상에 놀기 위해 태어

난 우리 지호 녀석도 만났다.

육 년이다.
이곳으로 온 지.
육 년 전 6월 13일.
이곳에 터전을 잡았다.

육 년 전. 빚을 갚기 위해 시골로 들어가 악착같이 일만 하다 감을 잃고 나온 나는 볼매가 뭔지, 클리닉이 뭔지, 복구 매직이 뭔지 몰랐다.
그런데 아이들이 생기니 아빠는 강해지더라.
돈을 벌자. 돈을 벌려면… 기술이 좋아야지. 그럼 공부를 해야지. 노력을 해야지. 열정을 가져야지.

난 맨날 웃고 있다.
하지만 다른 사람들이 겪은 만큼 나 역시 고생하며 지금 이렇게. 비록 부자는 아니지만 부족함 없이 애들 키우며 살고 있다.

다 지나간다.
슬픈 거? 힘든 거? 괴로운 거? 아픈 거?
다 지나간다.
지금의 아픔은 내일의 예방접종이고, 지금의 아쉬움은 내일의 큰 만족이며, 사랑이 없는 지금은 내일 더 큰 사랑을 알게 해줄 거다.

장담한다!

겪었으니깐!

【엄마의 저주】

1980년대 초. 동네 골목길 형아들의 손에는 〈스크램블〉, 〈인베이더〉 등등의 비디오 게임기가 들려 있었다. 코흘리개였던 나는 그 게임이 너무 하고 싶었다. 하지만 형아들은 결코 게임기를 나에게 빌려주지 않았다. 난 어떻게든 한 판이라도 해보고 싶어서 형아들 옆에 찰싹 달라붙어 갖은 아첨과 아부를 하고 있었다. (코흘리개 시절 벌써 세상을 알다니…)

게임기는 일종의 권력이었다.

엄마에게 아무리 졸라도 게임기는 나쁘다는 소리뿐, 게임기는 사주지 않으셨다.

동네 골목길 입구에 있던 은하 문방구 앞에 동전 오락기 두 대가 생겼다. 오락기 속에는 웬 파리들이 줄지어 날고, 밑에서 비행기 두 대가 잠자리 짝짓기처럼 붙어 파리에게 총을 쏴대고 있었다.

갤러그…!

엄마가 준 100원으로 파리 잡기에 맛을 들인 나는 그날부터 갤러그 폐인이 되어 버렸다.

눈을 떠도 파리. 잠을 자도 파리.

눈만 뜨면 갤러그 구경을 갔다. 게임을 하고 싶었지만 엄마는 돈을 주지 않으셨다.

당시 부모님은 재래시장에서 야채 장사를 하셨고, 집안에는 동전이 많이 굴러다녔다. 또한 엄마의 커다란 돈주머니 속에는 지폐가 수북하게 있었다. 갤러그를 하기 위해 집에 돌아다니는 동전을 주워 파리놀이를 하다가 점점 간이 커졌다.

100만 점 돌파의 꿈을 위해서는 엄마 돈주머니에 손을 대야만 했다.

어린 시절 미션 임파서블의 긴장감을 몸 가득히 맛보며 난 엄마 지갑에 손을 대기 시작했고, 가지고 싶은 장난감이 생길 때마다 훔치는 액수가 점점 늘어만 갔다.

어느 날부터 나의 못된 버릇을 눈치챈 엄마에게 갤러그 하다가 잡혀가서 내가 파리가 되도록 맞았고, 훔친 돈으로 슈퍼 타이탄 15 로봇을 사서 15단 합체 변신 놀이를 하다가 걸려 내 몸이 15단으로 분해되는 듯한 고통을 맛보았다.

하지만 그 어린 시절 이른바 몸빵이란 것이 생겨 가지고 싶은 것을 갖고, 하고 싶은 오락 실컷 한 뒤 몸으로 때우곤 했다.

1983년 어느 날. 이름도 웃겼던 삼성동에서 로봇 박람회라는 것이 열렸다.

"자전거를 타고서 빙글빙글 돌아요. 야야야야. 신난다."라고 시작되는 로고송.

너무 가고 싶어 엄마를 졸랐지만 엄마는 늘 일만 했고 잠만 잤다.

결국 또 돈을 훔쳤다.

거금 5,000원. 난 그게 얼만큼 큰돈인지도 모르고 돈을 훔쳤고, 혼자서 버스를 3번 갈아타고 신대방동에서 삼성동까지 물어물어 갔다.

지금의 코엑스 자리. 당시에는 논과 밭만 있던 곳에 휑하니 천막 몇 동, 가건물 몇 동이 있었다. 하지만 만화영화로만 보던 신기한 로봇들에 난생처음 맛보았던 삼양 컵라면은 지금도 잊을 수 없다.

난 다음 날 여동생을 데리고 다시 박람회를 갔고, 박람회를 보고 집에 와서 눈치 없이 엄마에게 자랑한 여동생 덕에 돈 훔친 것이 발각되어(어차피 들통 난 상태였다) 내 관절이 로봇 춤을 출 때까지 맞았다.

그렇게 나를 열심히 패시던 어머니께서 내게 말씀하셨다.

"나중에 너랑 똑같은 아들 만나라!"

시간이 흘러… 우리 아들 지호가 굴러다니는 동전들을 보며 음흉하게 웃고 있다.

【한계령】

경기도 남양주에 가면 하이디하우스란 재미있는 곳이 있습니다. 이곳에선 매년 10월의 마지막 날에 문화행사가 열립니다.

성악공연. 악기공연. 시 낭송. 가수의 공연.

이건 삼 년 전쯤, 지인의 초대를 받아 하이디하우스에 가서 겪은 일입니다.

모든 행사가 끝나고 100여 분의 참석자들이 거의 돌아가신 후, 10여 명이 남아 뒤풀이를 하고 있었죠. 남자 세 분이서 뜬금없는 설전을 벌입니다.

가수 하덕규 씨가 곡을 붙이고 양희은 씨가 불러서 유명해진 곡 '한계령'.

이 곡의 노랫말에 대한 설전이었습니다.

한 분은 "저 산은 내게 오지마라." 하고, 또 한 분은 "저 산은 내게 우지마라." 하고, 마지막 분은 "저 산은 내게 울지마라" 하고….

오지마라. 우지마라. 울지마라.

듣고 있는 저도 헷갈렸습니다.

세 분의 설전에는 각자 나름의 합리적 이유가 있었습니다.
한계령 자체를 의인화시켰다는 이유. 아니다, 철저히 방관자의 모습으로 봤다는 이유 등등.
대체 누구의 말이 맞는 것인지.

그때 하이디하우스 한켠에 있던 노래책, 흘러간 가요책을 증거물로 채택합니다. 그 가요책엔 '오지마라'라고 되어 있었습니다. 그래서 오지마라를 주장했던 분의 승리로 끝나는 듯했는데…
창가 테이블에서 조용히 지켜보시던 어느 분이 말씀하십니다.

"'우지마라'가 맞습니다."

엥? 가요책에는 분명 '오지마라'라고 되어 있는데, 대체 누구시길래 '우지마라'라고 하십니까?
일동의 시선이 그의 입으로 향했습니다. 그러자 그분이 또 말씀하셨죠.

"'우지마라'는 '우지진다'라는 의미이며, '우치진다'는 '우짖다'의 뜻을 가지고 있습니다. 그리고 저는 한계령이란 시를 쓴 정덕수란 시인입니다."

헐! 시의 원작자가 거기 있었습니다.

일동의 질문이 들어갑니다.
왜 일찍 밝히시지 이렇게 늦게 밝히십니까?
정 시인께서 말씀하시더군요.

"제가 가만히 있었던 것은 세 분의 말씀이 다 맞기 때문입니다. 시에 곡이 붙어 유명한 곡이 되었고, 그 곡들이 사람들에게 불릴 땐 사람들의 입에서 편한 대로 불리기에. 하지만 변함없는 건, 그 곡이 한계령이란 겁니다. 그래서 여러분 말씀이 다 옳습니다."

아주 재미난 경험이었죠.

저는 수많은 미용인들과 인연을 쌓고 있습니다. 다들 같은 노래를 부르고 있는데, 중간에 표현들이 조금씩 다릅니다. 같은 볼륨 매직을 하는데 방식이 조금씩 다릅니다. 그래서 네가 맞다, 내가 맞다 합니다. 설전과 토론이 벌어집니다.

하지만 결론은 같은 노래를 하고 있죠.
모든 사람들이 똑같이 노래를 부르진 않습니다. 각자 본인들 편한 대로 합니다. 익숙한 방법으로 합니다. 그런데 어느 날 다르게 부르는 사람을 발견했을 때, 내 것이 옳고 네 것이 틀리다고 합니다.

정 시인님이 만약 세 사람의 설전 도입부에서 원작자임을 밝히고 '우지마라'가 맞다고 하셨으면, 아마 그 자리는 아주 밋밋했을 것 같습니다.

하지만 그러지 않으셨죠.

부분적으론 달라도 크게 보면 다 같이 한 노래와 한 시를 논하는 그 모습을 즐기셨을지도 모릅니다.

어차피 우리 미용인들도 한 노래를 부르고 있어요.

조금씩 표현이 다르지만 크게 보면 한 마음, 한 생각이라고 생각해요.

상대방을 좀 더 인정하고, 상대방의 노래도 좀 더 들어보고, 그렇게 같이 즐겨봅시다.

【딸 따먹기】

아직 여운은 있지만 훨씬 개운한 느낌으로 가게에 내려와 두 시 예약 손님을 기다리고 있다.

금요일은 두 시부터 영업을 하는 터라 좀 일찍 내려왔는데, 단골 학생 녀석이 컷을 하러 왔기에 컷을 해주었다.

난 좀 싱겁거나 썰렁한 말을 잘한다. 이 녀석은 지난 6년간 내가 늘 시비를 거는 녀석이라 오늘도 어김없이 시비가 시작된다.

덥다고 설레발치는 녀석에게 "삭발하자. 시원하게."라고 하니 질겁을 한다.

"그럼 반삭은?"

역시나 질겁을 한다.

"혹시 서해안 고속도로 머리라고 아니? 유명 연예인 길의 스타일은 어때?"

뜨악 하는 녀석이 귀엽다.

이야기는 여자친구 이야기로 넘어가서 뜬금없이 잘 날리는 말, "여자친구는 잘 있지?"라고 묻는다. 보통 이렇게 물으면 순진한 요런 녀석들은 당황하며 여자친구 없다고 하는데, 그 모습들이 귀엽다.

오늘도 변함없이 요 녀석에게 "여친은 잘 지내지?"라고 물었는데, "네! 엄청 잘 지내요."란다.

요 녀석. 순진한 요 녀석에게 여친이?

"아하! 교회에서 만났지?"라고 물었는데 그 녀석 왈,

"절에서 만났어요. 전 절 오빠예요."

'절 오빠'라는 소리에 그냥 빵 터졌다. 정말 미치는 줄 알았다.

난 의외의 것에 빵 터지곤 하고, 혼자 그걸 생각하다가 시도 때도 없이 픽픽 거린다.

동네에서 샵을 하는 재미란?

코흘리게 초딩이던 녀석과 이렇게 커서 말 따먹기 하는 재미, 커가는 아이들을 보는 재미도 있다.

늙어가는 고객님들. 커가는 꼬맹이 고객들.

이렇게 시간은 커간다.

언젠가 정말 짧았는데 나를 며칠 픽픽 거리게 만들었던 이야기 한 편.

어느 초딩 6학년생의 일기.

어제는 할아버지께서 동네서점에 가서서 절대 치매에 안 걸리는 법이란 책을 사 오시곤 독서를 하셨다.

오늘 또 사 오셨다.

【성유리 머리】

좀 시간이 지난 이야기에요.

한가했던 어느 오후. 60살 정도 되신 듯한 어머님께서 방문을 하셨습니다. 조금은 부끄러운 듯 사진 한 장을 보여주시면서 혹시 자신에게 이 머리를 해줄 수 있냐고 물으시더군요.

한쪽 면이 찢겨진 듯한 사진 속에는 핑클 시절의 성유리가 바람머리를 하고 있었습니다.

급 터져 나오려는 웃음을 애써 감추고 힘들 것 같다고 이야기하자 "역시 여기도 안 되는군요." 하시며 쓸쓸히 걸어 나가시더군요. 사진을 다시 곱게 접으시곤….

지인들과의 술자리에서 그 이야기를 하며 웃었습니다.

60 넘으신 어머님이 핑클 성유리 머리 사진을 들고 오셨다.

하하하.

며칠이 지나 일을 하고 있는데 그 어머님이 지나가시더군요.

전 깜짝 놀랐습니다. 성유리의 바람머리를 하셨더군요.

놀랐던 이유요? 그 머리가 너무 잘 어울렸거든요.

그 일은 제게 한동안 굉장한 충격이었습니다. 왜 성유리의 얼굴을 먼저 보고 거기서 그냥 안 된다고 했을까? 그분에게 그 머리 모양은 왜 안 된다고만 생각했지?

중년의 마깥말음은 싫고 젊은 느낌의 바람머리를 원하셨기에 사진을 구해오신 건데 왜?

왜 "어머님은 성유리가 될 수 없어요."란 생각만 했던 거지?

그분이 표현할 수 있는 최선의 선택을 난 깊이 생각도 안 해보고 그 자리에서 그렇게 했을까?

선입견.

이거 미용사들에겐 안 좋은 녀석인 듯합니다.

그저 눈에 눈앞에 보이는 것만 가지고 너무 쉽게 판단을 해버리는 일들을 반복하고 있진 않은지? 이미 내가 틀을 만들고 그 틀 안에서만 답을 내리는 것은 아닌지?

그 뒤론 고객님과의 상담은 더욱 구체적으로 하게 되었습니다.

이러한 실수와 부족함을 인식하면서 커가는 것 같습니다.

【나의 언어】

잠을 일찍 자다가 중간에 깼어요.

배가 고프고 너무 덥기도 해서 자다 일어나 에어컨 틀고 김치찌개에 밥 한 공기 먹고 나니 포만감이 옵니다. 예전에 한참 살찔 때, 오늘처럼 잠자다 일어나 밥 먹고 먹다 지쳐 잠이 들곤 했는데. 이래서 뚱이겠죠?

저녁에 일을 마치고 혼자 샵에 앉아 기타를 치면서 노래를 막 불렀어요. '그대 내 품에', '시인의 마을', '꿈에', '별이 진다네'…. 모두 주옥같은 시어가 있는 곡들이에요.

그러고 보니 낮에도 일하다 말고 기타를 잡았네요. 단골 고객님 컷을 마치고 같이 앉아 있다가 저도 모르게 기타를 내려 조용히 부르는데, 손님이 울 선생님께 음악을 잠시 꺼달라고 하시더군요.

그대 내 맘에 들어오면
사랑 그 쓸쓸함에 대하여
feeling
feel you again in my heart

손님과 같이 조용히 노래를 불러봅니다.

전 음악을 좋아하지만, 사실 더 좋아하는 건 멜로디를 입은 주옥같은 노랫말입니다.

뛰어갈 텐데 날아갈 텐데

그대 내 맘에 들어오면은

나는 고독의 친구

상념 끊이지 않는 번민의 시인이 되었으면

일목의 고갯길을 넘어가는

고행의 방랑자처럼

하늘에 비낀 노을 바라보며.

사랑이 끝나고 난 뒤에는 이 세상도 끝나고

날 위해 빛나는 모든 것도

그 빛을 잃어버려

어제는 별이 졌다네

나의 가슴이 무너지네

별은 그저 별일 뿐이야

난 눈을 뜨면 꿈에서 깰까 봐

나 눈 못 뜨고 그대를 보네

내 취한 두 눈엔 너무 많은 그대의 모습

살며시 피어나는 아지랑이 되어

그대 곁에서 머물고 싶어라

쉴 새 없이 쏟아지고 뱉어지고 버려지는 언어들 속에서 이렇게 예쁘고 아름다운 표현들과 감성이 고스란히 담겨있는 말들을 보며, 매일매일 고객님들을 만나면서 같은 말이고 같은 뜻의 표현이지만 좀 더 예쁘게 할수 있을까 하고 고민을 했던 적이 많았습니다.

세련된 언어를 쓰고 싶지만 사람이 세련되지 못하고 생긴 것도 미안하게 생기다 보니 왠지 가면을 두른 언어 같아 그냥 편하게, 저답게 말을하고 싶다는 생각을 해봅니다.

말이란, 머리에서 시작되어 가슴으로 내려와 뒤로 한 바퀴 돌아 귀와눈을 지나고 두성처럼 움직여 공명처럼 비로소 입으로 나와야 하는데, 머리에서 시작되어 바로 입에서 나오는 경우가 참 많습니다. 그렇게 뱉은 말들이 똑같은 과정을 거쳐 제게 돌아오는 일도 많이 겪었습니다.

그냥 치장해 놓은 듯한 기름칠의 언어보단 기왕이면 솔직하면서 저의감성을 예쁘게 실어 소통하고 싶지만, 늘 그렇지 못함을 느껴보네요.

또 잠자다 일어나 밥 먹고 바로 드러누워 이상한 소리를 쓰고 있네요.
술도 안 먹었는데 횡설수설.
굉장히 푹~ 한 밤입니다.

잠시 가동하다 전기세 걱정에 껐던 에어컨을 또 켜야겠어요.

7월의 마지막 날은 어떤 고객님들과 또 어떤 예쁜 말들을, 이야기들을 주고받을까?

기대를 해봅니다.

2014. 08. 26.

【경솔했던 하루를 반성하며】

좀 더 깊게 묵상하고

좀 더 멀리 바라보고

좀 더 넓게 둘러보며

좀 더 낮게 행동하고

좀 더 심히 진실하고

좀 더 많이 생각하자.

생각이 짧았음을 얼른 인정하고

소 잃고 나서 외양간 고치는 일은 만들지 말자.

그리고…

어떤 순간에도 예의를 잃지 말자.

2014. 08. 31.

【내 마음속의 야구장】

어렸을 적, 저는 서울 신대방동에 살았습니다. 저희 집은 골목길 안쪽의 집이었는데 골목길에서 매일 동네 아이들과 야구놀이를 했지요. 마주 보고 있는 골목길 대문이 1루와 3루가 되고, 그 사이를 기준 삼아 마름모 형태로 짱돌 두 개 놓으면 번듯한 야구장이 되었습니다.

투수 녀석이 공을 던지면 힘껏 치고 1루로 전력 질주를 합니다. 슬라이딩도 했고 분명 세이프인데 아웃이라고 상대 녀석들이 우기면 쌈도 했습니다.

홈런 치긴 너무 힘들었던, 꽤 컸던 골목길 우리 야구장.
때론 축구장도 되었죠.

나이가 들어 우연히 그 골목 앞을 지날 일이 있었습니다.
근데!
어릴 적 그 어마어마했던 그 골목은, 사실 차가 겨우 한 대 들어갈 만한 작은 골목길이었어요.
어? 어릴 적엔 굉장히 넓었는데 지금은 이렇게 좁다니? 이렇게 좁은 골목에서 어떻게 야구를 했지?

얼마 전 어릴 적부터 참 많이 같이 놀았던 친구 녀석을 오랜만에 만났습니다.

지하철 공사장에서 하루 9만 원의 급여로 아침 6시부터 일을 하고 있었습니다. 저녁에 두 시간정도 일을 더 하면 3만 원의 일당이 더 지급되기에 거의 매일 야근을 한다고 합니다. 현장에서 집까지 출퇴근하는 시간과 기름 값이 아까워 현장 바로 옆에 있는 월 10만 원짜리 고시원에서 생활한다고 했습니다.

그 녀석에게는 아내와 이제 중학생이 된 큰딸, 5학년 된 아들이 있습니다.

김치찌개에 술 한잔하면서 고기 많이 넣어달라며 깔깔대는 친구 녀석을 보며, 오랜만에 찌개의 바닥이 보이도록 뻔뻔하게 국물 리필 요구하면서 "건더기도 주세요!"라고 외치며 한잔했습니다.

불과 10년 전, 2200만 원짜리 8평 전세집에 살면서도 뭐가 그리 넓은 공간이라고 친구들, 지인들 맘껏 불러 빚 갚느라 쪼들렸던 살림에도 삼겹살 파티를 했던 그때 생각을 해봅니다.

맘속에 욕심이 생길 때마다 내가 작았던 시절을 떠올립니다.

분명 야구장이었던 골목길. 사실은 좁은 골목.

'어? 어떻게 이렇게 좁은 골목에서 어떻게 야구를 했지?'가 아니라 '아!

이렇게 좋은 골목에서 재미있게 야구놀이를 했었지'라고 생각할 수 있는 마음속의 야구장.

어쩌면 생각이 커져가니 욕심도 커져서 야구장이 좁은 골목길로만 보이는 것은 아닌지.

다 생각하기 나름인 듯합니다.

자, 달려볼까요?

마음속의 야구장.

아웃되지 않으려면 전력 질주 해야 합니다.

【생활습관】

골목길에서 장사를 하다 보면 가장 중요한 것이 있습니다. 확실한 골목 사람, 즉 그 동네의 동네 주민이 되어야 한다는 점이죠 많은 분들이 알게 모르게 저를 주시하고 평가하고 이야기를 할 겁니다.

저는 동네에서 맥주 많이 마시는 녀석으로 인식되고 있습니다.

지윤이 아빠. 지호 아빠, 뚱원장 등 많은 호칭들이 있지만 가장 듣기 좋은 말은 "뭐가 저리 좋아 늘 웃고 다니노?"입니다.

길에서 어르신을 만나면 꾸뻑 인사를 합니다. 하루에 오며 가며 세 번 네 번을 뵈도 꾸뻑 인사를 합니다. 저희 집을 오시다가 안 오시는 분을 봐도 꾸뻑 인사를 합니다

결코 길에서 침을 뱉지 않습니다.

차를 가지고 골목을 들어오다 어르신이 길을 막고 천천히 걸어가서도 절대 클락션을 울리지 않습니다. 천천히 따라갑니다.

욕을 하지 않습니다.

씩씩하게 걸어 다닙니다.

설령 가격이 좀 비싸도 골목 안에서 물건을 구입하고 이웃들의 상점을

매일 이용합니다.

술을 좋아해서 다들 저를 맥주 귀신으로 알고 계시지만, 이 골목에 살면서 술에 취해 비틀거리며 추태를 내보인 적도 없습니다.

골목길에서 장사를 하려면 우선 나쁜 놈, 버릇없는 놈, 예의 없는 놈 소리를 듣지 말아야 하고 적을 만들지 말아야 한다는 생각을 해봅니다.

기술연마를 열심히 해야 하는 것은 당연하지만, 매일 마주치는 주변인들에게 비춰지는 나의 이미지부터 예쁘게 구축해가는 것. 간단한 생활습관 하나부터 챙기는 것.

경쟁 시대에서 살아남기 위해선 참으로 많은 것들이 복합적으로 연결되고 이어져야 한다는 작은 생각을 해봅니다.

길거리에서 차를 막고 걷는 노인 뒤에서 클락션을 빵빵 눌러대는 어떤 동네 청년을 보며 급 글을 써봤습니다.

2014. 10. 10.

【250배의 교훈】

제 나이 올해 마흔넷.

전 서른에 신용불량자였어요. 빚이 9,600만 원이 있던. 그 빚을 갚는데 정확히 5년 하고 7개월이 걸렸습니다. 저의 30대의 절반은 그냥 빚 갚던 기억만 있어요.

경기도 광주의 오포 농협.

제가 빚의 마지막 부분을 냈던 곳이죠.

성남 집으로 와서 생각하니 만감이 교차했어요.

빚을 갚느라 고생했던 기억들. 와이프랑 하루에 14시간을 일하며 매일 밤에 김밥천국에서 김밥을 먹던 기억. (그래서 호일로 싼 김밥을 안 먹지요. 그때 생각나서.)

확인하고 싶었어요.

광주 오포 농협에 전화를 했습니다.

"이제 우리 빚 없는 거죠?"라고.

"네. 고객님. 잠시 확인 좀… 고객님! 2원이 미입금 되었네요?"

헐…. 20원도 아니고 2원?

창구 직원분께 그냥 댁이 내주면 안 되냐고 물었더니 안 된답니다. 인터넷 뱅킹을 하라는데, 전 그런 거 잘 모릅니다. 결국 창구로 오랍니다.

2원을 내려고 성남에서 광주로?

게다가 10원 내면 8원을 거슬러 준답니다. 허허….

결국 텔레뱅킹을 했습니다. 2원도 이체가 되더군요. 고작 2원을 이체하면서 수수료는 500원을 냈습니다. 무려 250배의 수수료.

지금 저희 부부는 분수에 맞게 살고 있습니다.

신용카드도 오직 한 장만 씁니다.

5년 7개월의 학습과 250배의 수수료로 살면서 가장 귀한 것을 체득했습니다.

우리가 살면서 참 엄청난 대가를 지불하며 얻는 것들이 있어요.

진짜로 엄청난 대가지만 그러한 대가를 치름으로써 더 이상 같은 실수를 되풀이하지 않는 답을 얻습니다.

실수는 누구나 하는 것 같아요.

사람이 궁지에 몰리면 몰릴수록 시야가 좁아집디다.

실수를 두려워하지 말아요.

굉장한 대가를 치르게 되겠지만, 그 실수로 인해 훗날 더 단단해질 수 있어요.

실수를 되풀이하지 말아요.

굉장한 대가를 치르고도 되풀이한다면 미래는 없어요.

실수를 잊지 말아요.

굉장한 대가를 지불했기에, 그것을 잊는 것은 바보 같은 생각이에요.

마지막으로 실수를 되새겨 보아요.

굉장한 대가를 치르며 해결했을 그 실수 속엔 아마 내가 얻고자 하는 현답이 숨어 있을지 몰라요.

실수란 성공의 어머니다!

정말 명언입니다.

2015. 01. 08.

【어느 원장님의 눈물】

잠을 잘 이룰 수가 없었어요.

어제 어느 원장님의 눈물을 보았습니다.

시술 중의 실수. 분명 실수는 잘못한 것이지만 고객이 조금만 이해한다면 원만히 넘어갈 수 있는 것이었습니다. 절모가 된 것도 아니고 부분이 조금 그슬린 정도인듯한데, 여자 원장님 혼자 일하시는 업장에 건장한 남자를 데리고 와서 앞으로 2년 동안의 정신적인 피해 보상까지 요구했다고 합니다.

또 한 분의 퀭 한 얼굴을 봤어요.

원장님의 잘못이라기보단 기계 불량으로 절모 사고가 나서 고객에게 고액의 보상을 해줬다고 합니다. 그러고도 이어진 고객의 갑질 행동에 삼 일간 밥 한 끼도 못 먹고 깡 소주만 마셨다네요.

두 건 다 고객의 입장에선 화가 많이 나셨겠죠.

하지만 자신의 사회생활에 큰 영향이 없는 정도의 클레임을 가지고 아주 작정하고 대드는 사람들이 점점 늘어갑니다.

대한민국의 서비스업계의 풍토는 정말 개판입니다.

고객이면 무조건 갑!

그래요. 저는 수많은 이야기를 풀어내면서 '우리는 고객이 있기에 존재한다는', '고객에게 진심을 전해야 한다는', '진상 고객은 진상 미용사가 만들어낸다는' 등 고객의 입장으로 보는 관점의 이야기를 많이 풀었습니다. 하지만 오늘은 전 철저한 우리 편, 미용사 편이 되어 이야기를 합니다!

여러 번 언급했지만, 이번에도 바다에서 하는 깃발 놀이입니다. 모아놓은 모래에 깃발 꽂고 사람들이 모래를 끌고 갑니다. 어느덧 모래는 다 없어지고, 이젠 그 어느 누가 손만 대도 깃발은 쓰러지는 상태.

그런 머리를 가지고 와서 해달라고 합니다.

그 누가 손만 대도 무너질 모질.

집에서 하는 셀프 염색에 맨날 머리에 대는 매직기로 모발에 어마어마한 데미지가 축적되어 있음에도 매직기로 쭉쭉 피고 와선 펌을 해달라고 합니다. 일단 경기가 안 좋으니 합니다.

극 손모이기에 어느 정도는 감수해야 한다고 설명을 충분히 하고 시술 들어가 어려운 조건에도 어느 정도 해놓으면 머리가 상했답니다. 환불해달랍니다.

머리가 상해서 사회생활 못하겠으니 정신적인 피해 보상하랍니다. 한참 일하고 있는 업장에 들어와 난리를 피웁니다. 인터넷에 올려 가게 망하게 하겠다고 막말을 합니다.

저희 샵에서도 언젠가 자기도 미용을 했다며 앞머리 펌을 하러 와선 온갖 까탈을 부리더니 와인딩하는 제 손에 들려있던 꼬리빗을 뺏어 자신이 직접 섹션을 나눠주던 사람이 있었습니다.

제가 그 사람에게 한마디 조용하게 했습니다.

"미용하셨다면서요? 기술자가 일하다 손님에게 연장 뺏기는 기분 아십니까?"

그러자 그 사람, 안 옵니다.

컷을 하는 제게 바리깡을 절대 쓰지 말라는 고객에게 꼭 하는 말이 있습니다.

"그건 제 영역입니다. 기계를 써도 가위처럼 낼 수 있으니 기술자의 영역엔 들어오지 말아 주세요."

그 고객은 지금도 단골입니다.

자신이 돈을 냈으니 무조건 자기가 갑이다?

그럼 우린 돈을 거저 받나요? 노력과 정성과 서비스까지 곁들여 스타일링을 해드리는데.

서로 동등하게 주고받는 관계지 누가 갑이고 누가 을인데?!

아, 죄송합니다….

그 원장님의 눈물이 슬프고 열 받은 상태에서 잠까지 설쳤더니 오버를 하게 됩니다.

결국 우리가 더 신중해지는 수밖에 없습니다. 돌다리도 두들겨보고 가라는 조상들의 지혜처럼 더 신중하게 따지고 고객의 말에 속지 마십시다.

모든 건 우리 눈으로 우리 손으로 느끼고 확인해서 우리의 촉을 믿읍시다.

고객의 머리로 복불복 하지 마십시다.

새 약 받았으니 한번 써볼까?

복구 매직 세미나 가서 교육도 받았으니 한 번 도전해볼까?

충분한 연습 후에 하십시다.

자신의 한계를 충분히 인지하고 그 안에서 안정적인 시술을 합시다.

상담 3분만 더 합시다.

연화 세척 후 연화제가 미처 안 씻겨 나간 부분이 있는지 꼭 확인합시다. 매직 후 그을림 현상이 귀 옆에 집중적으로 나타나는 이유가 연화제가 덜 씻겨나가서입니다.

때론 첫 말 한마디로 이상하다 싶은 손님은 과감히 쳐냅시다. 그 돈 벌려다 열 배의 상처가 돌아올 때가 있습니다.

그리고 더 노력합시다.

저도 더 신중하게 일을 대해야겠다란 생각을 해봅니다

오늘도 화이팅 합시다.

【저는 골목길 미용사 뚱원장입니다】

잠들기 전.

조금은 혼란스러웠던 하루가 갔네요. 다 어느 정도 수습이 되고 오전에 어머니 사고 현장으로 달려가던 즈음 전화가 한 통 왔어요.

낼모레 부산 교육장 나눌 아카데미. 감사하게도 외부에 부착할 게시물에 들어갈 강사의 이력을 알려달라고 하셨어요. 스펙… 결국 정말 죄송한 답만을 드렸습니다.

전 아무런 스펙이 없다고. 솔직히 좀 창피했어요. 소위 강사라고 하면 보통 열 줄 정도 이력이 붙습니다. 어디 수료, 어디 교수, 어디 대상, 어디 심사위원, 어디 원장 등등.

전 그냥 딱, 두 개예요.

뚱원장. 헤어쟁이 운영자.

대단한 샵의 운영자도 아니고, 대단한 인지도를 가지고 있지도 않고, 대단한 실력도 없는데다가 무 스펙….

TV헤어 강의를 처음 찍던 날도 같은 기분이었어요. 강사 이력을 적는 란에 아무것도 적을 것이 없던, 그래서 TV헤어에는 제 스펙이 없답니다. 강사 중 유일하게.

못났지요?

보잘것없지요?

조금 반경이 넓어지고 많은 분들을 뵙게 되는데, 정말 대단한 분들도 많고 정말 대단한 인맥들을 많이 자랑하시더군요.

보이는 것들과 과시하고 싶은 말들.

이런 환경 속에서 움츠러드는 개미 미용사들.

그러지 맙시다.

솔직히 그냥 대놓고 말해서, 그 멋진 양반들 내 샵에 불러서 내 단골 머리 해보라고 해볼까요?

아마 쩔쩔맬 겁니다.

일대일의 현장에서, 그 누구도 끼어들 수 없는 긴장감 속에서 내 단골을 만들고 그 단골을 유지하고 있다면 그곳은 내 영역이고 감히 누가 말할 수 없는 내 스펙일 겁니다.

난 김 아무개의 머리를 하는 사람.

난 정 아무개의 염색을 하는 사람.

윤 아무개는 오직 내게만 컷을 맡기는 사람.

전 감히 그거 하나 믿고 여러분들 앞에 섭니다.

'미용인의 진정한 이력과 스펙은 미용사들 앞에서의 활동이 아니라 고객들 앞에서의 자랑이어야 하지 않을까?'라고 감히 생각해봅니다.

오직 내게만 머리를 맡기는 고객이 있다면?
당신은 훌륭한 스타일리스트일 거예요.

2015. 01. 26.

【첫 번째 스타일링 했던 기억】

옛날이야기 하나 할게요.

샴푸가 주요 보직이던 시절, 제 꿈은 남자 손님 샴푸하고 드라이해서 스타일링까지 해드리는 거였어요. 하지만 제 역할은 샴푸하고 자리 안내까지. 그러면 경력 인턴누나가 마무리를 했습니다.

매일매일, 스태프들 사이엔 자랑질 시간이 있었죠.

난 오늘 파마 세 명 말았다. 난 오늘 선생님과 함께 뒷머리를 폈다….

아… 내겐 언제쯤 기회가 올까?

그러던 어느 날, 샴푸를 하고 손님을 자리로 모신 후 돌아서려는 제게 선생님이 내리신 명령.

"단정하게 드라이해서 무스나 젤로 마무리 해드리세요."

헐! 드디어!

떨리는 맘으로, 더 떨리는 팔로 제가 영업 종료 후에 매일 연습했던 롤 볼륨 드라이를 해드렸습니다.

남자 고객님께 롤로 볼륨을 빵빵하게. 아주 정성껏.

이 기회에 모든 선생님과 스태프들에게 나의 숨겨진 미용기술을 보여 주리라!

남자 고객님에게 사모님 드라이를 완성했습니다.

빠방하게 살려놓은 머리에 젤로 떡칠을 해서 8대 2로 가지런히 다시 붙여주고 스프레이 난사기법을 이용해 스타일을 완성했습니다.

계산을 하고 나가시는 고객님.
음핫핫핫!
순간적이지만 이후로 모든 선생님들이 제게 마무리를 서로 앞 다투어 맡기는 상상이….
스태프들? 나의 실력을 봤지? 내가 이 정도야. 너희들은 다 내 밑이야!

잠시 화장실을 다녀오겠다고 하고 화장실로 갔습니다.
당시 백화점 7층에 있던 샵. 화장실에선 실내 흡연이 가능했던 시기라 화장실 입구에서 담배 한 개비를 거만하게 물고 화장실 안으로 들어선 제 눈에,

세면대에 머리를 박고 머리를 헹구시는 방금 전 그 고객님의 모습이 보였습니다.

2015. 02. 25.

【대답을 잘 해보자】

　현장에서 일을 하다 보면, 함께 일을 하는 이들이 있습니다. 가족보다 더 오랜 시간을 같이 지내는.

　바쁠 때면 서로간의 이야기가 많아져요. 오더를 내리는 경우도 있고, 오더를 받는 경우도 있고, 비슷한 동료끼리 서로 부탁을 하기도 합니다.

　이때 가장 중요한 것이 대답. 간결하면서도 깔끔하고 선명하게 들리는 대답이라고 생각해요.

　그런데 그냥 대답 없이 고개만 살짝 끄떡거리는 경우를 참 많이 봅니다.

　너무나 많이 본 모습.

　오더를 내는 경우, 상대방에게서 대답을 못 들으면 다시 말을 하게 됩니다. 어떨 땐 신경질 납니다.

　오더를 받는 입장에선 분명 알아들었다고 고개짓으로 표시했는데 또 오더를 듣습니다. 어떨 땐 짜증납니다.

　"네! 선생님."

"네! 원장님."

하고 간결하고 선명하게 대답만 했으면 바로 진행될 일입니다.

어제 울산역에서 언양 불고기를 먹었습니다. 포장도 해서 판매하기에 포장 상품도 구매하려고 했지요. 우리 식구 먹으려면 두 근 정도 필요하니 약 6만 원어치.

근데 매장에서 일하시는 두 분의 커뮤니케이션에 문제가 생기신 듯 사장님은 자꾸 짜증을 내시고, 직원은 그냥 삭히는 듯했습니다. 매장에 전화가 오니 한참 일하는데 전화라고 짜증을 내며 전화를 받고, 또 전화벨이 울리자 "이런 씨!" 하고 짜증을 내는 소리가 크게 들렸습니다.

결국 사장님은 화가 나신 듯 매장 밖으로 나가버리셨습니다.

식사를 하는데 맛은 있었지만 굉장히 불편했습니다. 포장을 하려 했던 맘도 떠나고, 그냥 앞으로 오지 말아야겠다는 생각만 들었죠.

고객님들은 우리의 커뮤니케이션에도 주목하십니다. 원활하고, 시원하고, 밝게 의사소통이 되면 고객님들도 좋게 보실 겁니다.

하지만 의사소통이 잘 안 돼서 했던 말 또 하고, 뭔가 좀 답답해 보이면 고객은 불안할 거예요.

우리가 하는 미용업은 스타일 이전에 고객의 맘에 신뢰를 심는 것이 기본이라고 생각해요.

나를 믿게 하는 거.

우리를 믿게 하는 거.

샵을 믿게 하는 거.

그것은 같이 일하는 동료들끼리의 원활한 의사소통이 기본이라고 생각합니다.

그것의 시작은 맑고 선명하고 간결한 대답이고요.

저희 샵 역시 그것을 중요하게 생각하죠.

게다가 가족보다도 긴 시간을 지내는 동료들과 즐겁게 지내야 샵도 시너지가 생길 거예요.

대답은 상대방에 대한 존중입니다.

즐거운 하루 되세요.

2015. 05. 06.

사람.

사람의 람. 람의⋯ 'ㅁ'. 그 'ㅁ'의 모서리를

좀 깎으면,

사랑이다.

그러므로 사랑의 시작은 사람이다.

그냥 뚱원장의 생각.

2015. 05. 25.

【기술보다 태도】

고객이 우리에게 가장 먼저 원하는 것은 기술 이전에 고객을 대하는 우리의 태도라고 생각합니다.

기술만을 쫓을 것이 아니라 우리 스스로의 태도부터 가다듬어 보는 것이 먼저가 아닐까 싶습니다.

샵의 거울은 고객만을 위한 것이 아닐 겁니다.
좋은 하루 되세요.

2015. 07. 23.

【복면가왕】

복면가왕이란 프로그램을 아시죠?

가수들이 마스크를 쓰고 나와서 목소리만으로 배틀을 하는 방송입니다.

얼마 전, 정수라 씨가 나왔어요. 다들 아시겠지만 정수라 씨는 가창력으론 가히 대한민국 최고입니다. 경력도 40년. 콘서트나 라이브공연 횟수는 타의 추정을 불허합니다.

그런 그가 2회전에서 까마득한 후배에게 패했습니다.

실력도 경력도 경험도 월등한 그가 까마득한 후배에게 졌다?

사실 정수라 씨는 그날 자신의 베스트를 보이지 않았습니다. 정수라라는 존재를 감추기 위해 다른 톤으로 거위의 꿈을 불렀고, 결국 자신의 색이 아닌 다른 색을 보였기에 베스트가 나올 수가 없었죠.

결국 그냥 잘하는 노래.

그날 정수라의 패인은 관객에게 있었어요.

관객의 대다수가 젊은 세대. 그들의 귀에 정수라의 노래는 올드 했습니다. 국민들이 다 아는 애창곡을 불렀지만 올드한 발성으로 인해 감성이 관객의 귀를 사로잡지 못했죠. 만일 가면을 벗고 관객들과 같이 호흡하면서 정수라만의 필로 보였다면 그 누구도 정수라를 쉽게 이기진 못했을 겁니다.

반대로 아무리 경험이 많고 경력이 오래되고 실력이 뛰어나도 눈앞의 관중들과 함께 호흡하지 못하면 패배할 수밖에 없어요,

우리도 늘 우리 앞의 관객들을 위해 공연을 합니다.

아무리 경험이 많고 경력이 길어도, 아무리 실력이 좋아도 고객과 소통하지 못하면 우리는 후배님들에게 밀릴 수밖에 없어요.

하지만 우리가 쓸데없는 가식과 가면을 벗어버리고 눈앞의 고객과 깊이 소통하면서 우리의 베스트를 늘 꺼내 보인다면 어느 누구도 우리를 쉽게 이기긴 힘들 겁니다.

오래되고 익을수록 겸손하되 더욱 멋진 필더 선배들이 되어야 우리의 후배님들도 우리를 진심으로 따를 것입니다.

자신을 믿읍시다.

가창력이 있기에 아직도 무대에 설 수 있는 겁니다.

자신의 인생의 절반 이상을 미용사란 이름으로 살아오신 분들께 드리는 작은 글입니다.

【두 손이 있는 이유】

2015. 08. 01.

인간에게 신은 참 공평하신 안배를 하셨습니다.

골고루 보고, 골고루 듣고, 골고루 맡으라고 두 눈과 두 귀와 콧구멍 두 개를 주셨고, 그것이 하나로 모이는 기도를 만들었으며 그 기도가 열리는 하나의 입을 주셨죠.

똑바로 걸으라고 두 다리를 주셨고, 배설을 쉽게 하라고 하나의 항문과 하나의 생식기, 양쪽에 같은 엉덩이를 주셨어요.

아, 짝 엉덩이도 있죠?

그리고… 같이 어우러져 사용하라고 두 팔과 두 손을 주셨어요.

저는 미용사입니다.

컷을 하기 위해선 가위를 든 손과 빗을 잡은 손은 각각의 역할이 있습니다.

블로우 드라이를 하기 위해선 드라이를 든 손과 롤을 든 손 각각에게 역할이 있습니다.

연화를 하려면 약을 모발에 묻히는 손이 있고 약을 모발 속으로 넣는

148

손이 있어야 합니다.

아이롱 펌을 하려면 아이롱을 든 손이 있고 그걸 받쳐주는 손이 있습니다.

근데요. 컷을 할 때는 잘라내는 손만 보고, 블로우 드라이할 때는 열을 주는 드라이만 보고, 연화할 때는 연화제 약만 생각하고, 아이롱 펌할 때는 돌리는 것에만 집중합니다.

저는 미용사입니다.

저는 쟁이입니다.

신이 두 팔과 두 손을 주신 이유를 따라서 저는 두 팔과 두 손을 다 잘 사용하는 스타일리스트가 되고 싶습니다.

세상에 이유 없이 존재하는 건 없다!

제 짧은 생각입니다.

【소리 할머니】

일을 하다 보면 간혹 시술 전부터 우리들의 기분에 초를 치는 고객들이 있어요. 그럴 때는 좀 답답하기도 해요.

본인의 머리를 예쁘게 하러 왔으면 머리를 만지는 우리들의 기분부터 좋게 만들고 시술자의 기운부터 북돋아 주어야 베스트 시술이 나오고, 뭔가도 더 받을 것이고, 계산 시에도 우리들의 쿨한 인심을 얻을 수 있을 텐데….

예전에 오시던 소리(손녀의 이름) 할머니.
"난 여기가 좋아. 저 위에 미용실을 가면 늘 손님이 많은데, 여기 오면 늘 바로 할 수 있어서 좋아."

며칠 전 남자 손님.
본인이 가던 곳이 문을 닫아서 한번 와봤다는데 대뜸
"파마 얼마에요? 파마 잘해요?"
랍니다.

그래서 15만 원이라고 했더니 경악을 하시며 가셨습니다.

오늘도 딸을 데리고 오신 엄마. 딸 염색 가격을 흥정을 하시려고 합니다.

기술이 들어가는 일에 흥정이 가당한가요?

다만 흥정도 기술이 필요합니다. 웃으며 좋게 나오면, 들어줄 수도 있는 흥정이라면 얼마든지 응할 수 있습니다.

"저 위의 샵은 6만 원이던데?"

"전 10만 원입니다."

"그럼 7만 원."

"안 됩니다."

"그럼 8만 원."

"죄송합니다. 안녕히 가세요."

다른 분들도 그러시겠지만 저도 기분파이고, 가격은 그리 중요하지 않습니다. 늘 융통성이 있고 오는 방법과 마음에 따라서 제 맘도 활짝 엽니다.

하지만 마음이 열리기도 전에 닫아라 하는 분들? 전 안 합니다.

고객은 제게 돈을 주시지만, 저는 고객님에게 제 기술과 정성을 쏟아 스타일을 드립니다.

그러므로 같은 입장입니다. 갑도 을도 없는.

다만 수많은 업장 중에서 제 업장을 선택해주신 그 고마움만은 확실하게 스타일로 돌려드립니다.

미용사의 자존심? 전 가격으로 제 자존심을 걸고 싶지 않습니다. 제 매장에 들어오시는 고객께 즐거운 마음으로, 베스트 컨디션으로 시술할 수 있는 모습에 프라이드를 싣고 싶습니다.

하지만 시작 전부터 제 맘에 초를 치는 분들은 설득도 하고 싶지 않고 시작도 하고 싶지 않습니다.

솔직한 심정입니다.

밀리지 맙시다.

휘둘리지도 맙시다.

다만…

그러기 위한 우리들의 준비, 그것만은 확실히 해요.

【당신의 영역】

사람들은 각자의 영역이 있다. 그 영역 안에서 때론 절대자가 되기도 한다. 그래서 그 영역 안에서만큼은 그 누구의 침범도 허락치 않는다.

참 존경하고 사랑하는 원장님의 샵에 놀러 갔다. 난 당시 그 원장님께 교육을 해드리고 있었다. 그래서 잠시 난 그 원장님보다 내가 더 잘난 미용사라고 생각했다.

무척 바쁘셨다. 너무 바쁘신 가운데 병 때문에 늘 집에서 누워계시는 할머님이 보호자와 함께 당신의 길어진 머리카락을 버리러 오셨다.

스타일은 존재하지 않는, 그저 짧게 잘라드리면 되는 일.
바쁘시기에 도와드리겠다고 했다. 가위를 빌려서 컷을 해 드렸다.
첨엔 남자 미용사에게 자른다고 좋아하셨는데, 내가 컷을 하는데 보호자 분의 얼굴이 점점 어두워지셨다. 이윽고 컷을 마치고 나니 그 어머님이 자리에 그대로 앉으신 채 샵 원장님께 이렇게 말씀하셨다.

"원장님이 마무리 해줄 거지?"

늘 웃으며 이야기했던 사연이지만, 사실 난 그날 굉장히 반성을 했다.
그때부터 든 확실한 생각.
공부하러 오시는 선생님들. 원장님들. 절대 부족해서, 모자라서, 못해서 오시는 거 아니다. 그분들의 영역엔 그분들이 최고인 거다.
그 어떤 이가 들어가도 그분들의 영역을 건드릴 수 없다.
그럼에도 난 그분이 나보다 못해서 오시는 줄 착각했다.

아주 머저리 같은 생각.
죄송합니다.
잘못 생각했습니다.
원장님 존경합니다.

교육을 갑니다.
다들 부족하다고 하십니다.
하지만 자신의 영역 안에선 최고십니다.
그 누구도 선생님들만큼 잘 할 수 없습니다.

오늘 천사 같은 원장님을 또 뵙고 왔습니다.
나이가 조금은 드셨음에도 제 눈엔 마치 풋풋한 아가씨처럼 보였습니다.

깡총깡총 뛰어다니셨습니다.

시스루로 비치는 자태는 참 아름다우셨습니다.

작은 눈물을 보았습니다.

주변에서 치고 올라오는 젊은 후배들에 힘겹다 하셨지만, 샵에 들어가니 그 영역이 느껴졌습니다.

아무도 침범 못 할.

부족하다고만 생각 마시고 나의 공간에서만 가능한 일들을 더 믿으세요. 그 누가 와도 하지 못할 시술들을 하고 계시는 겁니다.

수많은 현장 필더들을 뵈면서 갈수록 느끼는 것은,

미용사 우리 참!

대단하고 멋진 사람들이란 겁니다.

존경합니다.

사랑합니다.

2015. 09. 17.

【한 번에 잡아내는】

잠시 예전으로 돌아가 볼까요?

우리들의 미용 꼬마 시절.

파마를 빨리 말고 싶었어요. 그래서 연습을 합니다. 이렇게 저렇게 섹션의 변화도 줘 보고, 손도 막 빨리 움직여 보고, 동작도 막 빨리해 보고. 그렇게 온갖 노력을 하는데도 제 눈앞에 선, 저보다 동작도 느릿느릿하고 행동도 굼뜬 선배의 와인딩이 저보다 훨씬 빨랐어요.

왜?

왜?

왜?

다시 연습을 해봅니다. 제가 낼 수 있는 최대한의 속도로 빠르게 손을 움직이며 파지도 빨리 잡고 빗질도 빨리빨리. 와인딩도 팍팍팍.

하지만 눈앞의 느릿느릿한 선배는 저보다 훨씬 빠릅니다.

손도 느리고 동작도 굼뜬데 왜? 대체 왜?

그러던 어느 날, 갑자기 무언가 눈에 보였어요.

그 느린 선배가 와인딩할 때의 동작에는 일체의 군더더기가 없었어요.

한 번의 빗질로 모발을 잡아내고, 침착하게 파지를 대고, 한 번에 롯드를 걸어 성큼성큼 말아 올라가는.

그에 반해 저는 동작만 요란하지 여러 번의 빗질을 하고, 빨리해야 한다는 강박관념에 파지랑 롯드는 놓치기 일쑤였으며, 와인딩을 빨리한다고 막 하다가 풀고 다시 말기를 반복했습니다.

빗질 한 번으로 머리를 잡아내는, 그 힘을 버텨내는 선배의 모습을 보고 꼬리빗으로 머리를 한 번에 잡는 연습을 했어요. 몸에 힘도 빼고. 파지 하나를 집어도 한 번에. 와인딩도 텐션 딱 잡아 실패 없이 말아가고.

어느 날, 느릿느릿한 저를 부럽게 바라보며 온갖 호들갑을 떠는 후배가 눈에 보였어요.

저의 시술이 빠르다고 합니다.

네. 빠릅니다. 굉장히 빠른 편입니다.

근데 제 손동작이 빨라서 빠를까요?

불필요한 동선을 제거하고, 따로따로 시술해야 하는 과정들을 합쳐서 그 과정을 줄여보고, 한 번을 잡아도 야무지게 잡는 그런 과정들을 통해 뚱 방식의 빠르고 안정적인 시술 노하우가 생겼죠.

요즘 많은 현장인을 뵈면서 가장 중점적으로 도와드리는 일이, 그분들의 동선에서 군더더기를(군더더기라 표현하면 안 되지만), 굳이 안 해도 되는 그러한 부분들을 빼 드리고 있어요.

저를 만나셨던 분들께서 가장 많이 해주시는 말씀.

"시술 속도가 두 배 빨라졌어요."

물론 빠른 게 다 좋은 건 아닐 겁니다. 느리다면 분명 그 디테일 속에서 가치가 붙을 테니.

늘 생각해보지만, 한 번의 빗질로 머리를 잡아서 속도를 줄였듯이 우리들의 기술의 발전은 거창한 공부나 디테일한 이론보다도 몸에 습득된 가장 기본적인 부분에 답이 있는 것이 아닐까 합니다.

빗질과 약 바르기만 잘해도 우리의 일은 훨씬 수월해질 겁니다.

2016. 01. 06.

【노안이 왔어요】

전 안경을 써요.

근데 언젠부터인가 안경을 쓰면 가까운 곳의 사물이 흐릿하게 보이는 거예요. 그래서 언젠가부터 책을 볼 때나 신문을 읽을 땐 안경을 들고 맨눈으로 보기 시작했어요.

그러다 안경점을 가서 가까운 곳의 사물이 잘 보이는 안경으로 맞춰달라고 했죠. 그랬더니 안경사님 왈,

"…노안이네요!"

솔직히 기분 나빴어요!

노안이라니 벌써?

가기 싫은 안경점이지만, 그래도 테가 맘에 드는 게 있어 요구대로 맞췄습니다. 그런데 이번엔 가까운 곳은 잘 보이는데 먼 곳은 죄다 퍼져 보이네요?

결국 또 갔습니다.

가까운 데는 잘 보이는데 먼 곳이 안 보인다.

그랬더니 같은 대답.

노안이래요.

인정하기 싫었어요. 기분 나빴어요.

전문가의 설명을 들으니 비로소 이해가 되었어요.

그래서 다초점 렌즈를 써야 한대요.

그러면서 안경사님께서 본인의 안경이 다초점 렌즈라면서 보여주셨는데…

"헐… 죄송합니다."

너무 이상했어요.

하나의 알인데 두 가지 패턴이 이상했어요.

가까운데도 잘 보고 싶고, 먼 곳도 잘 보고 싶고.

제가 안경테에 굉장히 민감해요.

맘에 드는 안경테 찾기도 참 힘든데 거기에 알까지 이상해지면?

저 너무 힘들 것 같아요.

왜, 사람마다 유난히 민감한 거 있잖아요?

그게 전 안경테 디자인이거든요.

참 맘에 들었던 안경테가 얼마 전 부서져서 새 안경을 쓰고 다니는데, 사실 맘에 들지 않아요. 그래서 고민 끝에 전에 쓰던 안경테를 주문했어요.

두 개로요.

두 개의 테에 각각 목적이 다른 렌즈를 넣으려고요.

일할 땐 요 테를. 운전할 땐 저 테를.

나도 모르게 변해버린 현실에 그 현실을 부정하고, 이전 것을 고집하며, 이전의 패턴을 요구해요.

하지만 결국 가장 피해를 보는 건?

나 자신.

그래서 제가 할 수 있는 가장 좋은 방법을 찾았어요.

불쑥 폰을 내밀며

"제가 했던 머리인데요, 이렇게 해주세요."

라고 폰카를 내미시는 고객님들이 계세요.

대부분의 경우 거기엔 당신이 살을 찌기 전, 당신이 훨씬 젊었을 때, 당신의 생활이 훨씬 윤택했을 때의 모습이 담겨있는 경우가 많아요.

당신의 그 시절 그 스타일을 해드리는 게 무리라는 사실이 보여요.

저도 그런 경우가 꽤 있어요.

그럴 때마다 전 "노안이네요!"라고 대답을 한 적이 있었어요.

제가 저의 현실을 인정하기 싫었듯이, 제 고객님도 제게 그런 이야기를 들었을 때 그 마음속에 생겼을 아프고 인정하기 싫은 감정.

우린 참 힘든 일을 해요. 보이는 디자인으로 만족을 드려야 하고, 그 마음까지 다독이고 보듬어야 하니.

노안입니다!

그 머리 이제 안 어울리세요!

같은 말일 거예요.

변한 모습과 현실을 설명해드리는 것도 하나의 기술이라고 생각해봅니다.

설득의 기술.

이끄는 기술.

우리가 그러고 있는 사이, 고객이 먼저 답을 찾습니다.

돈은 벌진 몰라도 전문가로서의 프라이드는…?

어제 분명 '이것이 최선이다!'라고 생각하고 푹 자고 일어났는데 오늘은 또다시 최선이 나타나네요.

또 횡설수설입니다. 하하.

【격】

저는 평소에 욕을 하지 않습니다.

길을 다니며 침을 뱉지 않습니다.

몸이 뚱뚱해서 티셔츠를 바지 속에 잘 넣지 않고 입기에 늘 어디 앉을 때면 허리를 신경 씁니다.

혹시 뒤쪽 허릿살이 노출되지 않을까? 허릿살이 노출되어 속옷이 보이지 않을까?

굉장히 신경 씁니다.

가끔 남대문을 열고 다닐 때는 있습니다. 물론 일부러 열고 다니진 않겠죠? 열려 있는 걸 느끼는 순간, 정말 미쳐버리고 싶습니다.

늘 웃으려고 합니다. 길거리를 다니면 늘 미소를 짓고 다니려고 합니다. 그러면서도 헤픈 웃음은 보이지 않습니다. 특히 고객님들 앞에서는 결코 헤프게 웃지 않습니다.

여성 접대부가 있는 술집을 가지 않습니다.

가족들 외엔 그 누구도, 남자끼리 있을 때도 저의 방귀 소리를 들려주기 싫습니다.

간혹 저도 모르게 트림을 하기는 합니다. 그때마다 불쌍한 우리 직원이 희생하고 있습니다.

신문과 뉴스는 완전 자세히 살피며, 시사에 늘 밝을 수 있도록 준비합니다.
말투를 연습합니다.

'격.'
인간과 짐승의 차이점은?
인간은 격이 있지만 동물은 격이 없다는 겁니다.

위에 나열한 것들 외에 더 있습니다.
제가 생각하는 뚱의 격이 나름 확실합니다.

기준이 있습니다.
단지 창피해서가 아니라, 저의 모습이 타인에게 보여질 때 나타나는 저의 격. 고객님들이 느끼실
헤어스타일리스트 뚱원장의 격.

저의 모든 말이나 행동이나 생각 속에 기본적으로 깔려 있는 것이 해학이고 유머입니다. 심각한 거 안 좋아하고, 웃기고 싶고 같이 웃고 싶습니다. 그 속에서 저의 이야기를 전하려고 합니다.

그래서 어떤 분들은 저를 참 가벼운 사람으로 보고 깊이가 없다고 합니다.

일단 뚱뚱하기에 가볍진 않지만 입은 좀 가볍습니다.

가볍고 깊이가 없지만, 제겐 나름 확실한 격이 있습니다.

술을 너무 사랑하지만, 공개석상에서 그 누구도 제가 만취해서 다른 사람이 된 걸 보신 적이 없을 겁니다.

부족한 저의 이야기를 늘 봐주시는 여러분, 여러분은 어떻게 격을 갖추고 계시는지요?

제가 생각하는, 제가 아닌 다른 사람들이 지닌 각자의 격이란? 그리고 그 격의 시작이란?

감히 정의하건대

'나의 눈에 가장 보기 싫은 타인의 모습을 나의 일상에서 지워버리는 거다! 나의 행동에서 없애버리는 거다.'

라고 하고 싶어요.

내 눈에 보기 싫고 불편한 건 타인의 시선에서도 마찬가지일 거예요.

우리는 우리가 일을 하는 지역의 유명인이고 연예인입니다. 우리를 보는 눈들이 참 많죠?

우리가 격을 갖췄을 때, 비로소 우리의 가치를 논할 수 있다고 생각
해요.

격.

전 굉장히 중요하게 생각해요.

나만의 멋진 격, 만들어 봅시다.

【반복되는 어리석음】

늘 반복되는 어리석음.

이틀간의 교육이란 초 강행군을 마치고 성남 매장, 집으로 올라와 컷 몇 분하고, 집에 올라와서 그냥 앉아 있다. 눈은 침침하고 컷 선도 안 보이고.

여정 중 두 시간 정도의 수면 시간을 잃어버린 어리석은 일이 있었다.

월요일에 출발할 때 차의 기름, 즉 주행 가능한 거리가 280㎞ 정도였다.

'뭐. 여유 있네. 고속도로 휴게소에서 넣지 뭐.'

첫 휴게소에 도착했다.

'기름을 넣을까? 아냐. 다음 휴게소에서 넣지 뭐.'

난 장거리 운전을 할 땐 휴게소는 거의 들르는 편이다. 그래서 그 다음 휴게소에 들러 주유소를 갔는데 셀프 주유소였다. 평소엔 셀프 주차장에서 잘 넣지만 괜히 차에서 내리기 싫었다.

셀프니 이번에도 패스. 그런데 그 다음에 들른 휴게소도 셀프. 헐….

'뭐…. 그냥 대구에서 넣지, 뭐 .'

사랑하는 녀석들을 만나 저녁을 먹고 쫓기듯 수업 장소로 들어가 내리 5시간을 쏟아내니 밤 12시 30분. 나를 못 먹여서 안달 난 녀석들을 따라 맛난 김치찌개를 먹고 헤어져 거창으로 출발하려는데….

헐! 기름이!

주행가능 거리가 단 30㎞….

이때까지만 해도 난 내가 무슨 잘못을 했는지 깨닫지 못했다.

고속도로를 타기 전에 주유를 해야 했다. 티맵으로 검색해서 가까운 주유소를 찾아갔다.

헛! 불이 꺼져있네?

다시 검색. 두 번째 찾아간 곳도 영업 끝!

새벽 1시가 넘어가면 주유소가 거의 문을 닫는다는 것을 네 번째 찾아간 주유소를 보고 깨달았다.

벌써 시간은 두 시에 가까워지고, 40분째 대구에서 빙빙 돌고 있던 나는 맘이 급해져서 지나가는 택시를 붙잡고 영업하는 주유소를 여쭈었다. 그랬더니 기사님이 대답해주셨는데, 이 시간에 영업하는 곳은 없단다.

결국 충전소의 한 직원에게 영업하는 주유소가 있다는 이야기를 듣고 거의 50분을 헤맨 끝에 맥도날드 매장 밑에 있는 주유소를 찾아 한이 가득한 목소리로 "만땅이요!"를 외쳤다.

98,000원어치의 주유가 되고 주행거리 1,200㎞가 표시되자, 그제야 긴장이 풀어졌다.

광속 주행. 180㎞ 이상. 그렇게 거창에 들어오니 3시가 넘었다. 잠이 안 와 억지로 자려고 맥주 두어 병 마시다 보니 시간은 4시가 훌쩍 넘었다.

언젠가 신호가 살짝 와서 화장실을 가야 하는데, 그리고 화장실이 갈 수 있는 기회가 있었는데 '그냥 이따 해결하지, 뭐.' 하고 가다가 나이 마흔 넘어서 하마터면 길에서 ddong 쌀 뻔한 적이 있었다.

늘 반복되는 어리석음.
귀찮아서, '뭐… 지금 말고 담에 하면 되지.' 하다가 정말 식은땀 나는 경험한다.
반복되는 어리석음으로 가장 큰 피해를 입는 사람은 바로 나 자신이다.
반복되는 어리석음을 얼마나 막을 수 있을까?
생각해보면 평생을 그렇게 살아왔다.
이 핑계 저 핑계.
이리 미루고 저리 미루고.
나이가 들어도 이 어리석음은 없어지지 않으니. 겪어봐야 알면서 또 그걸 반복하니.
살아가는 것이 이미 큰 공부인데.

다른 곳에서 무언가를 찾는 것도 좋지만, 내가 알고 있는 나의 어리석음을 밀어내는 것이 더 중요하지 않을까?

2016. 07. 20.

【마음을 얻어야】

가끔 큰 실수를 할 때가 있어요.

외출했다가 샵에 들어갔는데 샵에서 왠 사과 썩은 냄새가 나서

"뭐야? 사과 썩는 냄새가 나는데?"

했더니 갑자기 손님이 벌떡 일어나 가운을 벗어 던지고 나간 일이 있었죠.

파리 여행 다녀와 거기서 사 온 사과향 향수를 자랑하시는데 제가 그런 망언을…

간혹 여성 손님의 배를 보고 헷갈릴 때가 있어요.

뜨으옹 배인지 아니면 임신하신 건지.

오늘도 불룩 나온 배로 남자분과 오신 고객님. 펌을 원하시는데 "임신하셨나요?"라고 묻기엔 왠지 의심스런 배 모양. 슬쩍슬쩍 봐도 헷갈립니다.

똥배인가, 아니면 애기인가.

우리는 일을 하면서 생각지도 못한 부분에서 신뢰를 잃을 때가 있어요.

똥배를 보고 임신한 분으로 착각해 "임신하셨으니 펌은 곤란해요."라고 하면, 그 순간 고객님 한 분의 이탈을 겪죠.

요즘 저는 그렇게 헷갈리는 분께는 꼭 여쭤봐요.
"혹시 요즘 펌을 하시기 곤란한 이유는 없으신가요?"
사실 같은 질문이지만, 듣는 고객님의 입장에선 훨씬 유하게 받아들이실 거예요.
딱 봐도 40세가 안 되신 분껜 절대 주부지 드리지 않아요. 요즘처럼 골드미스, 올드미스가 많은 때에 주부지 받으면 기분 나빠할 분들 많죠.
여성들의 심리는 그만큼 섬세해요. 뒤에서 누군가 "저기요." 하면 바로 뒤돌아봐도 "아줌마." 하면 절대 뒤돌아보지 않죠.

제 방식은 이래요. 눈앞에서 막 친절하기보다는 고객님을 조용히 배려해주는.
검은 머리카락 속에 한두 개 있는 새치는 조용히 잘라요. 절대 고객님께 새치의 존재를 이야기하지 않아요. 만약 새치가 늘어서 흰 머리처럼 보일 땐,
"이 정도는 아직 흰머리가 아녜요. 새치지요."
라고 우깁니다.
큰 얼굴을 가진 분께 작아 보인다고 뻥치는 것보다 더 나은 방법이죠.
마음을 얻어야 시술이 편해요.
마음을 달래줘야 화를 내지 않아요.

마음을 주어야 고객이 웃어요.

신뢰부터 얻고 시작하는 시술과 의심이나 화부터 만들어놓고 시술은
그 결과는 많이 다르죠.

고객님의 신뢰와 믿음을 먼저 얻는 법.

아마 그게 우리의 스트레스를 줄여주는 명약일 겁니다.

2016. 08. 20.

【버려야 할 것들】

우리 동네엔 '강○○' 김밥집이 있어요.

그 집 김밥은 제가 45년간 살면서 먹어본 김밥 중 거의 으뜸입니다. 일반적인 재료인 소시지, 맛살, 우엉 등등이 안 들어가는 대신, 여러 가지 야채를 잘게 손질해서 일일이 볶아 넣고 볶음 고기도 들어 있습니다. 거기에 마지막 약간 알싸한 맛의 뭔가도 들어있어요.

몸이 너무 안 좋을 때, 속이 아플 때 먹어주면 너무 속이 편해지는 건강 김밥이에요.

한 줄에 4,000원.

그리고 여기 비빔밥도 정말 야채가 아주 듬뿍 들어간 웰빙 비빔밥이에요.

이 비빔밥이 7,000원.

사장님은 원래 이 두 가지만을 내려고 하셨어요. 개업하신 지는 이제 6개월쯤.

그런데 자신 있는 건강 김밥과 비빔밥은 거의 못 파시고, 음식점 벽엔 각종 백반이 손글씨로 가득 적혀 있어요. 게다가 메뉴가 점점 늘어납니다.

순두부는 메뉴판에 없지만 고객이 원하면 슈퍼에서 사다가 만들어줍니다.

그렇게 손글씨가 늘어갑니다.

김밥 한 줄에 4,000원인데, 왜 4,000원인지 소개하는 사진이나 POP도 없습니다. 그냥 생소한 강○○ 김밥. 가끔 손님이 물어보면 그냥 맛있다고만 합니다. 왜, 무슨 이유로 맛있는지에 대한 더 이상의 설명이 없습니다.

저도 처음에는 안 먹었습니다. 그러다가 너무 급해서 시켰다가 "뜨악!"을 외쳤죠.

이런 김밥이!

너무 좋은 김밥…!

잘하는 건 못하고, 하기 싫은 찌개만 죽도록 끓입니다.

꼼꼼한 손이라 찌개백반 나오기까지 시간이 오래 걸립니다. 그래서 많이는 못 팝니다.

불 앞에 있으니 늘 얼굴과 모습은 땀에 찌들어 피곤해 보입니다.

오늘도 밥 먹으러 가서 처음으로 여쭈어봤어요.

"사장님. 찌개백반 메뉴 안 하고 싶으시죠?"

거의 울먹이듯이 답을 하십니다.

"네…. 너무 하기 싫어요."

그래서 주제 넘는 말씀을 드렸어요.

"하기 싫은 메뉴 다 떼어내시고, 제일 잘 하는 거 두 가지만 내세요."

하지만 주인아주머니는 받아들이질 못 하십니다.
맘은 굴뚝이지만, 당장 눈앞에선 백반을 내서야 하는 현실.

우리들도 이런 경우 많이 봅니다.
자신의 특기는 제대로 하질 못하고, 먹고 살아야 하니 그냥 하기 싫은 시술에만 계속 매달리는 경우가.
저도 그랬어요.

이곳에서 어머니 롯드 펌이 자신 없는데, 어머니 롯드펌 손님이 훨씬 많으니 죽자 사자(일반 펌이 하기 싫은 종목이란 오해는 하지 말아주세요. 어디까지나 제 입장에서 쓴 글이니.) 매달립니다. 재미난 염색도 하고 싶고, 열 펌도 많이 하고 싶은데….
그러다가 팔과 어깨에 이상이 왔죠. 스트레스에 살은 더 쪄가고 몸무게는 96kg에 허리는 40㎝.
그냥 뚱뚱한 아저씨가 하는 동네 미용실. 미래는 점점 불투명해지고….
결심이 문제였어요.
당장 롯드펌을 안 받으면? 매출이 확 떨어질 텐데….
하지만 독하게 맘먹고 밀어 재꼈어요.
뚱뚱한 아저씨 대신 친근한 뚱원장이란 캐릭터로.
아저씨란 표현 이제 싫어!

그렇게 어머님 고객을 안 받고 열 펌 위주로만 시술했더니, 동네의 젊은 고객들이 하나둘 모여들기 시작했어요.

시간은 많이 걸리고 비용은 적게 받는 샴푸 드라이, 업 스타일, 여자 중고생 시술 다 포기하고 오직 남성 컷, 여성 컷, 펌, 컬러에만 집중했어요.

시술 메뉴를 간소화하고, 근무시간을 확 줄였어요. 처음에는 다들 미쳤냐고 했죠. 주 40시간만 미용실 문이 열려있다니.

하지만 지금은 동네 골목길에서 부가세 아주 많이 내는 매장이 되었어요.

이 모든 결과의 시작은 결심이고, 그 결심을 실행해보는 거예요.

늘 드리는 이 이야기를 반복적으로 드리는 이유.

자신이 잘 하는 것을 하세요. 그래야 일이 재미있고 표정이 밝아집니다.

고민만 하는 사이에 어느덧 늙어갑니다.

전부를 잘 하던, 잘 해야만 했던 시절은 지났어요.

우리, 즐겁게 일해 봅시다. 심플해집시다. 그리고 잘하는 것을 더더더 키워봅시다.

결심과 결단.

맘속에서만 굴리지 마시고 일단 시작해보는 겁니다.

2016. 09. 02.

【왼손 이야기】

(오른손을 사용하는 분들을 기준으로 한 이야기에요.)

제가 늘 수업 때마다 드리는 이야기가 있어요.

교육이 너무 많고, 이론도 정립되고, 제품도 너무 좋아지고, 연장도 너무 발전했는데 왜 고객의 모질은 더 안 좋아질까?

전 개인적으로 오른손의 역할만 너무 강조되었기 때문이라 말씀드리고 싶어요.

우리의 오른손엔? 제품과 연장이 들려있어요. 약을 묻히는 건 오른손이고, 가위를 든 것도 오른손이고, 매직기나 아이롱도 오른손에 쥐어져 있어요.

늘 고민을 하고 고민을 하다가 교육을 받곤 연습을 합니다.

약을 고민하고, 가위 테크닉을 고민하고, 아이롱을 돌리는 연습을 합니다.

약을 밀어 넣는 법은 연습 안 하고 묻히는 연습만 합니다.

머리를 잡는 연습은 뒤로하고 테크닉만 열중합니다.

돌리는 연습만 하지 컨트롤 하는 연습은 안 합니다.

그래서 우리의 몸이 아픕니다.

인간의 몸은 오른쪽과 왼쪽이 거의 균등하게 나누어져 있지요.

10kg의 물건을 한 손으로만 들면 한 손은 힘들고 다른 한 손은 편합니다. 그리고 몸이 한쪽으로 기울어집니다.

그것을 5kg씩 나눠 들면 양손이 힘듭니다. 하지만 몸이 기울어지진 않습니다.

우리의 시술도 양쪽이 서로의 역할을 균등하게 할 때 시너지가 나오면서 몸도 편해질 겁니다.

제품을 사용하는 손이 오른손이라면? 왼손은 그 제품을 밀어 넣는 역할을 합니다. 균등하게, 정확하게 밀어 넣는. 만약 과도포가 되었을 때 과도포된 것을 빼주는 역할도 왼손이 맡아줍니다.

잘라내고 버려내는 역할이 가위라면? 왼손에 든 컷 빗은 남겨놓을 부분을 결정합니다. 잘라내는 것이 컷이 아니라, 예쁘게 남기는 것이 컷의 정의라고 볼 때 왼손의 역할은 매우 중요합니다.

아이롱은 기계만으로는 텐션을 잡을 수가 없습니다. 왼손에 들려있는 빗이 있어야만 비로소 텐션을 줄 수 있고, 그 텐션은 와인딩 개수를 획기적으로 줄여줍니다.

숏 아이롱 모근 볼륨은 아이롱이 아닌 빗으로 만드는 겁니다.

빗으로 텐션을 컨트롤 할 수 있다면 당신은 이미 숏 아이롱의 고수입니다.

이 역시 왼손의 역할입니다.

미용은 제품, 연장, 개인의 기술(생각) 이 세 가지가 잘 버무려져야 작품을 만들어 냅니다. 이 세 가지 중 한 가지만 빠져도 작품을 만들어내기가 어렵습니다.

오른손이 제품과 연장이라면? 왼손은 우리의 기술력입니다.

약 바르는 법. 약 밀어 넣는 법. 약을 빼내는 법. 올바른 각도. 올바른 빗질. 적정한 판넬 잡기.

열로부터 피부를 보호하고, 텐션을 만들어주고, 볼륨의 크기를 정해주는 건 우리의 왼손이 하는 일입니다.

우리는 헤어스타일리스트입니다.

찍어내는 사람들이 아닌, 늘 다른 조건을 최상으로 만들어주는 멋진 아티스트입니다.

오른손만 고민하지 말고 왼손도 연마합시다.

2016. 09. 25.

【우리 손의 가치】

매일매일 일을 합니다. 똑같은 장소에서 오랫동안 일을 해요.

남자 손님 10번 만나고, 여자 손님 5번 만나면 한 살이 더 생겨요.

매일매일 내가 일하는 모습을 보고 일해요.

오늘은? 좀 괜찮네?

오늘은? 음…. 어제 술(피곤)에 절었네.

이상한 능력이 생깁니다.

그냥 떠오르는 생각.

'어? ○○ 고객님 오실 때가 되었는데?'라고 생각하는 그날, 그 고객님

이 오십니다.

와우!

그리고 자뻑 하는 순간 클레임이 달려옵니다.

세미나를 듣고 온 다음 날에는 무모해집니다.

핀셋을 잡아먹는 귀신과 살고 있습니다. 자꾸 사라집니다. 그리고 사

라졌던 그 핀셋은 어디선가 집단으로 발견됩니다.

찾고 또 찾고 그래서 못 찾아 새로 꺼내 사용한 염모제. 도포하고 약장실에 들어간 순간, 쓰던 녀석들이 엄청나게 보입니다.

연화 기가 막히게 보고 볼륨 매직 프레싱 혼을 다해서 당기는데, 볼매기 전원을 안 켰습니다.

바쁜 가운데 진지하게 컷의 상담을 하고 첫 번째 판넬의 컷을 하는 순간, 컷 보를 안 친 것을 발견합니다.

허겁지겁 밥을 입속에 욱여넣으면 그냥 조금 서러워집니다.

내 나이에 왜?

남들 다 노는 토요일. 인간 구실? 못 합니다.

결혼식도 못 가고, 잔치도 못 가고.

근데 친척들은 돈독이 올라서 안 왔다고 단정 짓습니다.

방금 전까지 가격 상담하며 투덜투덜거리다가도 시술 시 문득 거울을 보면 눈이 사팔뜨기가 되어 집중하는 내가 거울 속에 비칩니다.

긴장 후에 보람을 느끼고, 보람 속에 공부를 찾게 되고, 공부를 통해 나를 발견하고, 나의 발견 후엔 비로소 내 것이 생김을 느낍니다.

이 이야기가 공감이 되신다면 우린 동료이고, 우린 멋진 헤어 스타일리스트입니다.

우리들의 손이, 곧!
가치입니다.

2016, 10. 16.

【좀 더 듣자】

잠들기 전 저의 생각!

실력의 부족으로 만나는 클레임보다

소통의 부족으로 만나는 클레임이 훨씬 많더라.

좀 더 듣자!

2016. 10. 24.

【비와 비 사잇길】

어제는 하루종일 비가 내렸다.
어? 오늘은 날씨가 너무 좋네?
근데 내일은 또 비가 많이 온단다.
젖고
마르고
다시 젖고
어쩜 우리는 늘
비와 비 사잇길을 가는지도 모르겠다.

【기왕에 건너야한다면?】

서울에는 강북이 있고 강남이 있죠.

강북인 용산에서 한강을 바라보면? 여의도가 보여요.

압구정에서 강북을 보면? 남산타워가 보입니다.

아주 가깝게.

근데 참 가깝게 보이는 그곳. 그곳을 한강이 가로막고 있어요. 결국 그곳에 가기 위해선 무조건 한강 다리를 건너야 해요.

근데 한강 다리, 정말 무지하게 막힙니다. 막힐 시간에만 우린 이동을 해야 하니 막 겹치죠? 그래서 여러 가지를 궁리해요.

다리를 건너지 않고 갈 수 있는 방법은 없을까?

이렇게 생각해보고. 저렇게도 가보고.

하지만 결론은, '무조건 다리를 넘어가야 그곳에 도착한다.'입니다.

눈에 보이는 그곳을 가고 싶어요.

근데, 무조건 넘어가야 하는 길이 있네요.

내가 목적한 그곳으로 가려면 반드시 거쳐야 하는 길. 우리는 그 길을 브릿지라고 합니다. 서로를 연결하는 가교, 다리.

브릿지란?

반드시 넘어야 할 것을 넘게 해주는 길이죠.

나이가 50이 되어기면서 자꾸 느끼고 배우는 것이 있습니다.

내가 목적지로 삼고 있는 곳에 가기 위해서 반드시 통과해야 하는 길이 있다면 주저하지 말자. 그냥 통과하자!

더디어 보이겠지만 어쩌나? 어차피 겪어야 할 정체고, 이걸 통과해야지 남산타워에 갈 수 있는데.

남이 운전해주는 것을 타면?

내 짐을 모두 못 가져가요.

도착 시간이 빠른 대신.

근데 내가 운전하면?

내가 실컷 준비하고 갈 수 있네?

좀 도착이 늦겠지만.

선택의 자유.

반드시 건너야 할 다리가 있다면?

그냥 통과합시다. 출발합시다.

통과하기 전엔 목적지만 보이지만, 통과하면 출발지가 보입니다.

【운전 기술만 좋았던 택시 기사님】

오늘 낮에 잠시 외출을 하고 왔어요.

행선지에 주차할 곳이 없어서 전철을 타고 가서 볼 일을 보고, 올 땐 택시를 타고 왔죠.

택시 승차장에 줄 서 있는 택시 중 가장 앞에 있던 택시에 타고 "남한 산성입구역이요."라고 행선지를 밝히자마자 기사님은 아무 말씀도 없이 바로 출발했습니다.

그런데 택시 안은 담배가 찌들은 냄새가 가득했어요. 비흡연자들만 느낄 수 있는 그 담배 찌든 냄새. 저도 예전에 골초였기에 담배 냄새를 어느 정도는 이해하는데, 이건 완전 찌들은 것 같았습니다.

그뿐만 아니었어요.

머리는 언제 감으셨는지? 옷은 언제부터 같은 것을 입고 계셨는지?

연신 가래 가득한 기침을 계속 해대시고….

불친절은 감수하고서라도 그 작은 공간에서 고객을 위한 배려란 존재하지 않았어요.

솔직히 중간에 내리고 싶을 정도였죠.

그런데 운전은 기가 막히게 잘 하시더군요.

저도 운전을 오래 했기에 느낍니다. 운전 수준을요.

운전 진짜 잘하시더군요.

누군가가 제게 "그 택시를 다시 탈래?"라고 물으신다면 전, 무조건 "노!" 입니다.

운전이 직업인 분이 운전 잘하는 건 당연한 겁니다.

하지만 택시란 고객을 희망 도착지까지 안전하고, 편안하고, 쾌적하게 데려다주는 것이 기본일 겁니다. 목적지에 데려다주는 것만이 택시가 아닙니다. 편안하고 쾌적해야 합니다.

목적지까지 안전하게 편안하게 쾌적하게, 그리고 정확하고 신속하게.

마찬가지로 미용사가 머리 잘 하는 건 기본이어야 할 겁니다.

오늘 경험에서 작은 제 공간에서의 제 역할을 다시 새겨봅니다.

옷차림. 냄새. 전날의 숙취. 기침.

기침 하니까 생각나는 일이 있습니다.

예전에 디자이너 때, 감기가 걸려 시술 중에 기침이 계속 나왔습니다.

고객님을 배려한답시고 고개를 돌려 손으로 입을 막고 기침을 했죠.

그리고 그 손으로 계속 고객님의 머리를 만지고….

또 손으로 입 막고 기침한 뒤 그 손으로 시술하다 고객님의 항의를 들었어요.

선생님의 침이 가득 묻은 손으로 제 머리를?

그 뒤론 입 막고 기침을 하면 반드시 손을 씻고 옵니다.

잘 되는 미용실이 되는 법?

사소하지만 놓치기 쉬운 곳에 답이 있는 듯합니다.

고객의 입장이 되어 보는 일.

정말 중요한 것 같아요.

✂

【나를 다스리자】

짧은 생각과 급한 마음과 먼저 나가는 말들로 인해 늘 혼나면서도, 그러지 말아야겠다고 하면서도 또 그러는 저를 봅니다.

사람인지라 어쩔 수 없다고 하지만, 그래도 제가 보기 싫어하는 짓을 제가 하고 있는 걸 확인할 때마다 속이 무지 상합니다.

제게 화가 많이 납니다.

나이가 오십이 다 되어가도 정신 못 차리고 있으니 어쩔 땐 무지 한심하고요.

성경에 '자기 마음을 다스리는 사람은 성을 뺏는 용사와도 같다.'라는 말씀이 있습니다.

제 마음조차 못 다스리는 사람이 무엇을 벌리고 무엇을 할 수 있을까요?

어제 하늘은 흐렸지만 저는 맑았고, 오늘 하늘은 맑지만 저는 흐립니다.

나를 다스리자.

나를 다스리자.

2017. 04. 25.

【착각】

'착각일까?'라는 고민이 생긴다면 냉정하게 돌아보아야 하고,
착각임을 확신하는 순간 빨리 벗어나야 한다.

그러지 못하면
착각 속에 갇혀 살게 된다.

2017. 07. 10.

✂

【크레센도 데 크레센도】

밤새 빗소리를 들었네요.
강해졌다, 약해졌다.
다가왔다가, 도망쳤다가.

어깨를 툭 쳐서 돌아보니
벌써 저만큼 도망쳤네요.

무궁화 꽃이 피었습니다.

2017. 07. 29.

【갑자기】

해보지도 않고,

경험하지도 않고,

함부로 답을 내놓지 말아라.

내 인생의 한 수는,

해보지 못한 것을 했을 때

갑자기 찾아온다.

2017. 07. 31.

✂

【시간의 속도】

시간은 달려가는 속도가 다르다.
늙어가는 이에겐 쏜살같이 지나가고,
마음의 병을 앓는 이에겐
참 더딘 것이 시간이다.

남아있는 시간이 내 인생의 반을 넘어도 때론 아까운 것이 시간이고,
남아있는 시간이 내 인생의 삼분지 일도 안 남았을 때도
때론 더딘 것이 시간이다.

하루하루를 알아가는 것이 우리다.
하루하루를 지내봐야 알게 되는 것이 우리다.

그 속에 시간이 있다.
시간 속에 나를 담아내는 것이
때론 빠르게
때론 느리게 한다.

내겐 허락된 내일의 시간이 있다.

어떻게 담아볼까?

2017. 08. 16.

✂

【나만 아는】

세상의 모든 사람들은
자기만 알고 견디는 스트레스가 있다.

그러니 겉만 보고 함부로 부러워하지도 말고
함부로 평가하지 말자.

2017. 08. 17.

【같이 흘러갈 때】

우리가 일을 하다 보면 아주 간혹 머리해드리기 싫은 고객님이 계세요.

우리의 맘을 힘들게 하거나, 우리의 손을 힘들게 하거나, 우리들을 힘들게 하는.

젊은 남자 고객님. 우리 집에 오신 지는 1년 정도.

인사를 해도 안 받으시고, 안부를 물어도 무시하고 본인 이야기만 하시고, 늘 거만한 듯 찡그린 표정에 머리 스타일은 말도 못하게 까칠하고, 눈이 많이 안 좋으셔서 컷 도중 계속 안경 달라고 해서는 확인하고 주문하고, 조금 더 자르다 보면 다시 안경 달라하고 해서 확인하고 또 주문을….

결국 "확인하실 때 전체적인 바람을 말씀해 주세요."라고 부탁을 드릴 때 저도 모르게 제 말투나 시술도 좀 투박해졌습니다.

지지난번엔 너무 신경질이 나서 '그냥 오시지 마세요.'라는 뜻을 담아 컷 요금을 3000원 더 붙여서 받았죠. 요금이 올랐냐는 질문에 "디자인 컷은 추가 요금이 있습니다."라고 저도 모르게 약간 퉁명스럽게 답했습니다.

그분이 지난번에도 방문을 하셨어요. 근데 갑자기 성향이 좀 바뀌어서 오셨죠.

"정수리 더 잘라주세요."에서 "정수리 더 잘라주실 수 있어요?"로.

명령조로 요구를 하시던 모습에서 부탁하시는 듯한 느낌으로. 게다가 이번엔 제 눈치까지 보시네요.

이거 혹시 될까요? 저거 혹시 될까요?

죄송했어요.

그래서 제 방식을 바꾸었어요.

눈이 나쁘시니 손거울 큰 거를 계속 눈앞에 대드리고, 좀 더 자세히 이야기를 나누고….

근데!

이거였어요.

이분의 표정이 안 좋았던 건 매우 안 좋은 시력 때문.

자꾸 안경을 썼다 벗으며 확인했던 것도 이유가 있었습니다. 아무래 안 좋은 트라우마가 있으신 듯했습니다.

제가 손거울 큰 거 앞에 바짝 대 드리니 그냥 일사천리의 시술. 굉장히 순조롭게 빨리 컷이 끝났어요. 그리고 처음으로 웃고 나가셨어요.

이 경험을 통해 제가 얻은 생각은, '고객님을 좀 더 살펴보고 이해해보자.'입니다.

시술자와 고객의 마음이 같이 흘러갈 때 좋은 결과가 나오겠죠. 그런데 같이 흘러가려 하지 않고 거꾸로 노를 저으려고 하니 파도가 생길 수밖에요.

고객님을 더 이해하고, 수많은 관계 속에서 어울리는 사람들의 마음도 먼저 이해해보고….

늘 반성만 하네요. 하하.

【골목길 미용실】

동네 골목길에서 11년을 장사하다 보니 매일매일 보는 분들이 있어요.

늘 그 자리에서 장사를 하시는 사장님들. 매일매일 보는 어머님들. 자라나는 아이들.

씽씽하게 걷던 어머니가 보조기구에 몸을 기대서 다니시고, 제 차에 몸을 기대시던 할머님 두 분은 어느덧 세상을 떠나시고….

교복을 잘라 입고 뿔테 안경을 쓰고 다니던 고딩 녀석이 어느덧 어깨에 백을 매고 출근하고, 늙어 보이기 싫다고 걱정하던 또래 고객이 성형을 잔뜩 하곤 나타나서 "나 어때? 나 어때?" 자꾸 물어보고.

그냥 동네 마실 나갔다가 우연히 만나서 어깨동무 하고 다니는 편안한 고객님들.

한 명이 두 명이 되고,

두 명이 세 명이 되고,

세 명이 네 명이 되고.

그리고 반대도….

겨울에 눈이 잔뜩 오면 다 같이 나와 맨 홀 뚜껑 열고 눈 밀어 넣고 누구 집에 어떠한 일들이 있는지 늘 공유되는.

오늘 낮엔 바람이 참 좋더군요.
참 고운 이에게 오랜만에 안부 편지도 보내보고,
사랑하는 친구에게 "힘내요!" 한마디도 보내보고,
멋진 이에게 그건~ "아니그릏~"도 웃으며 외쳐보고.

이렇게 매일매일의 일상이 지나가네요.
풍경들은 늘 조용하고 천천히 변해가네요.
그 속에 있는 우리 역시 변해갑니다.
없던 주름살도 생기고, 없던 살도 생기고, 없던 걱정도 생기고, 없던 생각도 늘어가고.
나이가 들어갈수록 더 늦게 자고 더 일찍 일어나는 건, 걱정이 많아서 라기보단 시간의 소중함이 더 커서가 아닐까? 하는 생각해 봅니다

【다섯 때】

현장에서의 시간이 깊어지면 깊어질수록 늘어 가는 건 생각인 것 같습니다.

저의 몸속에 담긴 여러 가지의 공부와 저의 손에 어느덧 익힌 기술과 연장사용 요령들.

이것으로 고객을 만나며 그분들의 웃음으로 저는 기쁨과 생활을 이어갑니다.

요즘 들어 더 부쩍 드는 생각은, 더 정직하게 일해야겠다.

고객님을 좀 더, 더! 살펴서 그분의 라이프에 저의 시술이 시너지가 되도록 해보자!

한 때는?

이 머리를 어떻게 예쁘게 할까?

두 때는?

이 머리를 어떻게 단가를 높여볼까?

세 때는?

이 머리를 어떻게 지켜내지? 어떻게 컬을 걸지?

네 때는?

될 수 있을까? 할 수 있을까? 유지가 될까?

그리고 요즘, 다섯 때는?

나의 시술이 고객님의 커다란 일부가 되어보자.

시간이 지나고 경험이 축적되고 눈이 넓어질수록 시술 속에 생각과 마음이 더 담기는 것을 느낍니다. 오늘도 기쁘게 일할 수 있고 저를 찾아주시는 고객님이 계심에 너무 행복합니다.

그냥 갑자기 드는 생각이네요.

좋은 저녁 되세요.

【아픔의 크기는 다르지 않다】

시간은 화살이기도 하지만 때론 묵직한 추이기도 합니다.

좋은 시간과 기쁘고 행복한 시간은 참 빨리 가는데, 어렵고 무섭고 힘든 시간은 참 오래 머물러요.

하지만 빠르던 느리던 시간은 지나갑니다. 어제란 단어의 뜻이기도 하네요.

그게 우리가 살아온 인생이겠죠?

사람들마다 다들 사연이 가득합니다.

다들 그래요.

"내가 제일 힘들었어."

"난 정말 지옥을 견뎌왔어."

"아마 내 경험을 너희들은? 못 견딜걸?"

모두들 그런 사연들과 이야기들이 있죠.

"너는 그나마 뭐라도 있잖아? 그러니 나랑은 그 아픔이 달라."

각자 자신이 더 힘들다는 이야기를 강조하기 위해서 상대방의 아픔을

작게 평가합니다.

하지만!

살면서 우리가 겪고 이겨나가는, 삶에서 만나는 아픔의 크기는 누가 더 크고 작고 그러지 않을 거예요. 각자의 아픔이기에.

우리는 다 치열하게 사는 사람들입니다.

가진 것이 많든 적든, 그 속에 치열함은 아마 다들 있을 거예요.

"어느새 이렇게 시간이 흘렀지?"

평생이 추 같았다면 이런 소리 못 할 거예요.

화살 같은 시간도 있었고, 추와 같은 시간들이 있었기에 지금 현재의 내가 있을 거예요.

그냥 제 생각입니다.

2018. 02. 28.

【기스 난 세상?】

안경에 기스가 났다.

안경을 쓰고 보니

내가 바라보이는 풍경에
모두 기스가 나 있네?

남 탓하지 말고

내 시선부터 깨끗하게
해볼까?

2018. 03. 31.

【생각 벽】

사실 미용을 오래 했다고 실력이 좋은 건 아니라고 생각해요. 그것은 비단 미용뿐만 아니라 다른 종목이나 분야의 전문가들에게도 적용될 수 있을 것 같아요. 특히 기계가 할 수 없는 일을 하는 전문인들에게 더더욱 적용되는 것 같습니다.

오래 했기에 손의 기능, 즉 기술은 발전되고, 노하우가 쌓여가고, 우리의 일을 뒷받침해 주는 각종 연장이나 시스템들이 발전함에 따라 데이타나 통계의 대입이 쉬워지고 있어요.

오래 해서 손의 기술은 넘쳐나고, 마음의 각도 흘러넘치는데.
그냥 딱! 보면 틱! 하고 보여서 탁! 할 수 있는데.
그런 경지인데.

왜 꼰대라고 하지?
왜 올드하다고 하지?

허허.

세상에 존재하는 모든 싸움의 원인은 '내가 옳으니 네가 틀렸어!'를 강요하는 데 있어요.

경력이 오래되고 손의 기운이 넘치지만, 어느덧 나도 모르게 생겨버린 가장 무서운 개!

편견과 선입견이란 녀석들이 상대를 물어뜯을 때가 있네요. 저도 모르게 고객에게 저의 생각이나 선입견의 디자인을 강요할 때가 있었답니다.

지금 생각해보니⋯ 사실은 제가 할 수 있는 것만을 나열했던 것이더군요.

어느덧 나이 50을 바라보는데, 작은 미용실에서 많은 고객들과 만납니다.

그중 절반 이상이 제 나이의 절반 정도를 산 분들입니다.

나도 늙고, 고객도 늙고, 매장도 늙어간다고 생각하시는 동료님들.

그래서 오늘도 떠나버린 삼월이 사월이를 탓하는 동료님들!

그 사람을 알고 싶으면 그 사람의 이야기를 잘 들어보세요.

제 미용경력이 어느덧 30여 년이 되어갑니다.

그런 제가 요즘은 잘 하는 노력보다 잘 듣는 노력을 더 하고 있어요.

생각의 벽을 꼭 허물어 보세요.
그래야 그 사람의 생각이 보입니다.

2018. 04. 29.

【까다로움이 진상은 아니더라】

일을 하다 보면 머리하는 것보다 사람이 힘들 때가 있습니다.

오늘 공교로운 일이 있었어요.

제 매장 고객 중에서 제가 가장 힘들어하는 고객 서열 1번과 2번이 같은 시간대에 시술을 받게 되었습니다.

한 분은… 저를 그냥 연장으로 여기는 분입니다.

오직 컷만 하시는데 한 올 한 올, 어떤 각도로 얼만큼, 심지어는 똑바로 자를 것인지 어슷하게 자를 것인지, 질감 처리는 또 어떤 방식으로 해야 할지까지 지정합니다. 미용인은 아닙니다.

오늘도 랜덤하게 숱 치지 말고 교본대로 숱을 정리해달라고 하시더군요.

전 일할 때 친절하고 안정적인 느낌을 늘 드리지만, 부당한 요구나 매너 없는 고객에게는 매우 까칠한 편입니다.

언젠가 이런 적이 있습니다.

앞머리만 펌을 하시는 분인데, 앞머리의 영역에 롯드를 7개쯤 사용해야 합니다.

그런데 그분은 매우 까다로우셔서 롯드의 각도와 머리를 잡는 양까지 정해주셨습니다. 그런 이분에게 아주 나쁜 습관이 있었습니다. 섹션을 나누는 제 손에서 꼬리빗을 낚아채선 자신이 구획 구분을 하는 겁니다.

제가 꼬리빗을 드리는 상황과 빼앗기는 상황의 기분은 정말 하늘과 땅 차이입니다.

전 두 번을 참았고 세 번째 방문 때 또 그러시기에 어깨 보 치우며 한마디 드렸습니다.

"기술자가 작업 도중 비전문가에게 연장을 뺏기는 기분을 아십니까?"

당연히 발길 끊으셨지요.

매너 없는 손님들은 제 매장에서 결코 대우 못 받으십니다.

다시 오늘 이야기로 돌아와서.

미용을 오래 하다 보니 소위 우리들이 진상이라고 표현하는 고객들은 사람이 힘들거나 성향이 강한 분들이 아닌, 매너가 없는 사람들인 것 같아요.

오늘 컷 손님. 첫 방문 하셨을 땐… 아니, 한 세 번째까진 진짜 속에서 욕만 나왔어요. 서열 1위의 펌 고객님도 마찬가지였죠. 또 다른 단골인 지인마저 인정하시는 까다로움이었습니다.

오늘도 햇볕이 아주 조금만 들어오는 자리에 앉아야 한다는 것을 시작으로 사용되는 제품의 성분을 늘 파악하시고, 요구도 매우 디테일하시고, 얼굴에 물 한 방울 튀는 것과 에센스 사용 금지. 특히 샴푸는…. 허허허.

정말 세세한 까다로움으로 가득하십니다.

두 분 동시에 시술하고 나니 맥이 턱! 하고 풀리더군요.
'아, 해냈다! 견뎌냈다!' 하는 맘도 함께요.

제 이야기는 늘 길어요.

오늘의 일기의 주제는 우리가 진상이라고 하는 고객들, 그냥 나를 힘들게 하면 다 진상이다라는 생각을 하지 말자는 것입니다.

그분들 중 상당수는 나를 믿기 때문에 오시는 것이다. 당신의 그 까다로움을 충족시켜 줄 수 있는 손과 맘을 가졌기에, 하다못해 자신이 원하는 대로 해줄 수 있는 미용사이기에 오는 것이다.

미용을 오래 하다 보면 달인도 되지만 도인도 됩니다.

그쵸? 달인도인?

머리가 힘든 것은 공부와 경험으로 풀 수 있고, 사람이 힘든 것은 그
사람을 이해하면 풀 수 있어요.

2018. 08. 05.

【초심】

어렵고
힘이 들수록
처음을 생각하자.

그땐 지금보다 더 힘들었지?
근데 버텨내고 이겨 왔잖니?

지금 너의 힘듦은
내일의 웃음을 위한 준비과정이야.

그러니
피할 수 없으면
뛰어들어 겪어내자!

우리 모두 파이팅!

2018. 10. 04.

【데이터의 확립】

머리가 안 힘든 날이 올까?

아침엔 교육에서 어려운 머리카락을 만났다.

사실 열로 인한 손상모보다 화학제로 인한 손상모가 더 대처하기 힘
들다. 거듭된 염색으로 눅눅한 모질.

디자이너들은 냉정하다.

어려웠지만 디자인을 해냈다.

매장에선 탈모 진행모와 매우 연모에 녹은 머리를 만났다.

예민함은 극에 오르고, 약을 사용하는 손은 집중.

어쨌든 해결했다.

　고객들은 예뻐지고 싶어서, 해결 받고 싶어서, 개선되고 싶어서 오
신다.

　그중 대부분은 내가 아닌 다른 선생님들의 작업이고, 스스로의 셀프
스타일링이다.

216

참 힘든 게 교정이고, 다른 분들이 작업한 결과를 바꾸는 것이다.

아마 많이들 끄덕이고 계실 것 같다.

교육수준이 깊어지면서 어설픈 화학 미용사들이 늘어났고, 좋은 제품이 많아지고 제품의 의존도가 높아지면서 약의 남용이 시작되었다. 깊은 교육수준과 좋은 제품들의 역효과.

현장에서는 고객들이 마루타가 되고, 데이터 없이 단순하게 레시피만을 따른 시술의 폐혜가 나타난다. 결국 높아진 교육수준과 좋아진 제품에도 불구하고 고객들의 모발 손상도는 더 심해지고 있다.

튀겨지기만 했던 머리가, 녹아내리기만 했던 머리가, 두들겨 맞았던 머리가 이젠 복합적인 손상으로 변성되었고 진화된 듯하다. 심지어 제품에 대한 내성도 생겨나고 있다.

쭉 지켜왔고, 지켜가려는 세 가지 마음가짐이 있다.

하나. 되는 것인지 안 되는 것인지.

둘. 내가 할 수 있는지 없는지.

셋. 고객의 생활에서 유지가 될지 아니면 무너질지.

우린 전문가이다.

제발… 약 믿지 말고, 연장 믿지 말고, 내가 가진 데이터를 믿어보자.

약과 연장을 컨트롤하는 이는 나 자신인데 약의 사용량, 약이 사용될 범위, 형태에 따른 약의 파워를 초밥 쥐듯 일정하게….

미용은 데이터다.
데이터가 성립된 후의

손맛이다.

2018. 11. 14.

우리는 실수를 통해

실수를 거듭하지 않는 법을 배운다.

2018. 11. 08.

【디자이너의 무게란?】

오래전 이야기에요.

인턴으로 계속 일하다가, 저도 디자이너가 되고 싶었어요. 3년을 뼈빠지게 노력했고, 남성 컷과 웬만한 펌은 다 소화했던 상태라 디자이너로 근무하고 싶어서 이직을 했지요.

드디어 디자이너로 출근한 새 직장.

첫 고객님은 컷트 손님이었습니다. 다듬기만 해달라네요.

병풍같이 서 있는 인턴들 앞에서 현란한(?) 테크닉을 동원해 가며 디자이너로서의 생애 첫 고객을 마무리했습니다. 무탈하게 계산을 하고 나가셨기에 마음속에는 안도로 가득했습니다.

나는 디자이너다! 음핫핫!

두 번째 고객님은 단발 웨이브 펌.

자연스럽게 눈 감고도 말던 펌이었습니다. 그래서 당당하고 거만하게 해 드렸고 드디어 완성!

근데 고객님이 머리카락을 이리저리 당겨보시더니 길이가 안 맞다고 하십니다.

곧바로 수정해 드렸는데 또 다른 부분을 체크하시더니 갑자기…

"머리가 이게 뭐야! 길이가 다 틀리고 다 뻗치잖아! 원장 불러와!"

저는 쩔쩔매고, 고객은 난동(?)을 부리시고….

그때였습니다.

아까 제게 컷을 하고 가셨던 고객님이 다시 들어오시더니 머리가 이상하다고….

정말 쥐구멍이라도 들어가 숨고 싶었던 순간.

전에 그랬던 것처럼 뒤를 돌아보았습니다.

늘 제가 실수를 했을 때 뒤를 돌아보면 선생님이 계셨고, 저의 실수를 선생님께서 모두 해결해 주셨었습니다. (비록 엄청 혼은 내셨지만.)

그런데 그날,

제 뒤에는 아무도 안 계셨습니다.

아… 디자이너란 이런 자리구나.

책임져야 하는 위치. 문제를 해결할 수 있는 실력.

많은 인턴, 파트너님들이 디자이너를 꿈꿉니다.

하지만 디자이너란 고객 한 분 한 분의 생활을 지켜줘야 하는, 매우 막중한 역할을 해내는 전문가입니다. 그저 연장 사용할 줄 알고, 컷 조금 할 수 있고, 스타일링 잘 한다고 디자이너가 아닙니다.

나의 고객을 감동 시켜야 하고, 나의 시술로 인해 고객의 라이프가 빛나야 하고, 혹 파트너의 실수가 있어도 그것을 모두 해결하고 책임질 수 있는 사람이 디자이너이고 헤어 드레서입니다.

우리 때는 디자이너가 되기까지 보통 4~5년이 걸렸습니다.

근데 그건 호랑이 담배 피던 시절 이야기고….

요즘은 3년 안에 디자이너가 됩니다.

제 글을 읽으시는 인턴, 파트너님들!

어떤 디자이너가 되시겠습니까?

책임질 수 있는 자리.

그 자리에 어울릴 때 비로소 선생님의 소리를 들으실 수 있어요.

외실보다는 내실을 채우시고, 책, 신문, 뉴스, 문화를 많이 접하시고 자신을 브랜딩 하셔야 합니다.

선생님이란 호칭은 아무나 듣는, 누구나 듣는 호칭이 아닙니다.

그러니 진짜 선생님이 되어 보세요!

파이팅!

2019. 02. 01.

【기회】

주머니에 꼬리빗을
늘 꽂고 있어라.

기회는 갑자기 오더라.

2019. 02. 20.

【미용인의 눈물】

미용을 하면 현장에서 눈물이 날 때가 있다.
처음에는 어이없고 열 받아서 눈물이 났다.
억울해서 눈물이 났다.
무섭거나 슬퍼서가 아니라 어이없고 열 받고 억울해서 눈물이 났다.

좀 지나니… 속상해서 눈물이 났다.

더 지나니… 어려워서 눈물이 났다.
답답해서 눈물이 났다.

처음엔 남 때문에 눈물을 흘렸는데
어느 날부턴가
나 때문에 눈물이 났었다.

한 길을 파오는 사람들의 눈물은

그 시간, 그 순간이 치열했고 늘 노력했다는 추억이다.

어제의 눈물이
오늘의 미소를 만든다.